환상
/ 통

제5회
문학동네
대학소설상
수상작

환상
통

이 희 주
장편소설

문학동네

PHANTOM LIMB· PAIN.

차례

1부

만옥과 처음 만난 것은 SBS 등촌동 사옥 앞 도로변에서였다. 나는 휴학을 하고 한 아이돌 그룹을 쫓아다니고 있었고 만옥도 마찬가지였다. 우리는 앞뒤로 서 있었다. 모든 팬이 그렇듯이 같은 것을 좋아한다는 이유만으로 말을 텄고 사전녹화가 끝난 다음 인사를 나누고 헤어졌다. 이틀 뒤 다음 스케줄에서도 만나자 우리는 통성명을 했다. 나는 그녀의 이름이 만옥이라는 것과 만옥은 만萬 가지 옥玉을 의미한다는 것, 그리고 그녀가 자신의 이름을 밝힐 때면 그 이름이 촌스럽고, 여배우의 이름과 같다는 사실때문인지는 몰라도 움츠러든다는 것을 알게 됐다. 만옥 또한 내가 한 멤버와 같은 지역 출신이라는 것, 그 멤버에 대해 얘기할 땐약간씩 더 흥분한다는 것과 그들 중 아무도 오빠라고 부를 수 없다는 걸 알게 됐을 터였다.

당연하게도 우리는 우리가 사랑하는 아이돌 그룹에 대해 얘기했다. 전날 뜬 멤버의 셀카, 전날 있었던 생방송에서 한 멤버가 랩을 하다가 발음이 샜던 것(그래서 얼마나 귀여웠는지), 한 멤버가 넘어지려 했을 때 그걸 받쳐준 다른 멤버의 빠른 손동작을 봤는지 등. 그 외 우리는 멤버 M이 컵을 내려놓는 모습을 보면 그가 진중하고 침착한 성격이라는 걸 알 수 있다든지, 팬들에게 손을 두어 번 더 흔들어준 B는 역시나 사랑받으며 교육 잘 받고 자란 티가 난다든지 하는 식의 대화를 나누기도 했다. 만옥은 특히나 관찰력이 좋은 편이라 화면 구석에 잡힌 멤버들의 대화 내용을 알아채거나, 혹은 한 멤버가 입은 무대의상 목깃을 보고 다른 멤버와 옷을 번갈아 입는다는 걸 알아내곤 했다. 이런 능력이 나에게 만옥이라는 인물에 대한 호감을 키워주었다.

내가 얘기하면 만옥이 덧붙이고, 만옥이 덧붙이면 내가 맞장구치는 식이었으니 대화가 시들해질 리가 없었다. 나는 이제 막 사귄 친구가 그렇듯 만옥을 보는 일이 무척 좋았다. 음악방송 출석 시간, 멀리서 걸어오는 만옥을 보면 멤버들을 보는 것만큼 그렇게 반가울 수가 없었다.

만옥을 만나기 전, 마음속에 사랑이 넘쳐 담아둘 길이 없을 때면 나는 귀중한 이 얘기를 사람들에게 했었다. 대부분 말없이 들어주었지만 그 안에서 나는 무관심과 은근한 조롱을 느낄 수 있었다. 노골적인 사람들은 나를 한심하게 생각한다는 걸 숨기지 않았다. 예의바른 사람들은 미소지으며 자신들의 관대함을 들키기 위해 애쓰고 있었다. 경멸보다도 그 관용이 나를 지치게 했다. 그러나 사랑에 빠진 내가 할 수 있는 말은 하나뿐이라 나는 점차 말수가 적은 사람이 됐다.

내가 이렇게 얘기하자 만옥 역시 크게 공감을 표했다. 자신 또한 좋은 걸 나누고 싶은 마음에 친구들에게 멤버들 얘기를 하는데, 그때마다 돌아오는 것은 싸늘한 반응뿐이어서 서운함을 감출 수 없다고 했다. 그러면서 만옥은 다음과 같이 덧붙였다.

사람들은 사랑에 빠진 사람이 취하는 행동—말이 많아지고 늘 반쯤은 공상에 잠긴 그 상태를 이해하면서도 우리의 수다스러움은 참지 못하는 것 같아요. 이뤄질 수 없는 사랑일수록 더 절실하다는 걸 알면서요. 원래 타인의 사랑은 웃음거리가 되곤 하지만, 우리의 사랑은 거기에 더해 비난의 대상이 돼요. 단지 특수 직업군에 있는 사람을 사랑한다는 이유로 말예요. 우리의 말이나 행동은 나이에 걸맞지 않은 일이나 혹은 질병처럼 다뤄지지요. 나는 우리를 가장 자주 수식하는 말을 알아요. 미친년, 정신 나갔다…… 우리를 어린 여자 집단이라고 생각하니까, 자기들에게 직접적인 위협을 가할 리 없다고 생각하니까 더 그러는 것 같아요. 그러나 사랑에 빠진 사람은 강하지요. 나는 누군가 우리의 사랑을 비웃을 때마다 속으로 기도해요. 간절함을 아는 사람이 가장 절실한 기도를 할 수 있기에, 나는 나의 기도가 가장 효과적이라는 걸 알아요. 방송국 앞에서, 사람들이 경멸에 찬 눈으로 보거나 욕을 하고 지나갈 때마다 나는 생각합니다. 당신은 평생 이 정도로 사랑하는 감정을 알지 못할 거야, 라구요.

활동중엔 매일 새로운 정보가 쏟아지기에 만옥과 나의 대화도 끊임없이 이어졌다. 우리는 함께 성지순례를 나선 순례자들처럼 끝없는 교리문답을 반복했다. 새로운 무대와 새로운 방송, 새로운 행사를 멤버들과 함께했다. 쏟아지는 정보를 게걸스럽게 먹어치웠다. 그러나 모든 성서가 그렇듯, 어떤 에피소드도 기존에 우리가 갖고 있던 멤버들의 이미지를 뒷받침하는 사례에 불과했다는 점에서 우리가 나눈 것은 매번 같은 이야기였다고도 할 수 있다. 하얗고 깨끗한 피부의 멤버가 가진 '귀여움'이라는 이미지는 그가 생수통을 혼자 짊어졌다든지, 사인회 때 보니 손가락 털이 길더라는 후기 따위에 무너질 것이 아니었다. 그것은 멤버가 스무 살일 때는 '이십 개월 애기'로, 서른 살일 때는 '삼십 개월 애기'라고 부르는 우리의 콩깍지가 벗겨지지 않는 한은 영원히 변하지 않을 거였다.

물론 팬생활을 오래 하다보면 우리가 본 것이 거짓이라는 걸 알게 되는 순간도 온다. 만옥은 이전에 좋아하던 아이돌 멤버가 그 순수한 이미지와 정반대되는 사고를 쳤던 기억을 되살리며, 그때의 충격이─지금 생각하면 우습게도 느껴지지만─태어나서 받았던 가장 큰 충격 중 하나라고 고백했다. 멤버들에 관한 긍정적인 얘기는 어디서나 할 수 있지만 그가 저지른 잘못에 대해 팬들이 취할 수 있는 건 침묵뿐이다. 악성 댓글을 읽으며 스스로를 칼로 찌르던 만옥은 일기장을 꺼냈다. 말하지 않고는 못 견딜 고통을 견뎌내기 위해서. 만옥은 지금도 당시의 일기장을 펼치면 눈물 자국을 찾을 수 있으며, 일기장이 누렇게 바랜 것은 시간이 흘러서가 아니라 종이가 그때의 슬픔을 다 삼켜버렸기 때문이라고 했다.

　아직도 그날, 텔레비전에서 단신으로 그 소식을 접하던 순간
이 생생해요. 순식간에 가슴이 말린 무화과처럼 쪼그라들었지요.
누군가 어떡하니, 라고 말하는 소리가 먼 곳에서 들리는 것 같았
고…… 나는 흘러가는 시간을 느낄 순 있지만 받아들이진 못하는
상태로 한참을 정지 속에 서 있었습니다. 뒤늦게 제 몫을 하려 심
장이 뛰었지만 때는 이미 늦어, 무거워진 피를 감당하지 못하고
휘청거렸습니다. 농도가 짙은, 끈적이는 피가 어떤 고통도 희석
하지 못한 채, 아니 어쩌면 고통을 전달하기 위해 몰아쳤지요. 빠
르게, 무척 빠르게……

　인터넷을 보니 이미 포털 사이트는 난장판이 되어 있더군요.
짧게 전하고 끝난 텔레비전 뉴스와는 달리 온갖 추측이 난무했
고, 그간의 작은 실수가 오늘의 예언이라도 되는 것처럼 수면 위
로 올라와 있었습니다. 이때다 싶었는지 악의를 가지고 짜깁기한
자료들이 중복 업로드되었던 건 말할 것도 없고요. 일차적인 잘
못은 그 멤버에게 있으니 할말은 없었지만, 한편으론 도대체 이
런 걸 올리는 사람은 누굴까, 하는 궁금증이 들 정도로 많은 글이
올라왔습니다. 거기에 더해 빠르게 분열되던 팬덤과 대중의 비
난, 견디지 못하고 팬을 그만둔다는 사람들이 남긴 글까지 쏟아
져 종일 시끄러웠던 기억이 나요.

　나 또한 그날 밤은, 이제까지 내가 보았던 모습이 거짓이라는
생각이 들어 배신감에 온몸을 떨었습니다. 그러나 며칠이 지나

니, 이미 오독으로 밝혀진 그 모습은—오독이라고 밝혀졌음에도 불구하고—오랫동안 보여왔던 것이기에 실은 진실에 더 가까운 거라고, 그가 잠시 내비친 모습은 미닫이문이 어긋나거나, 얼음판에서 스케이트 날이 미끄러지는 정도의 찰나에 불과하다고 스스로를 다독이게 되더군요. 얼어붙은 화덕에 불을 지피고, 마른 우물에 물을 붓듯이 말예요. 물론 쉽지만 어려운 그 과정에서 나는 최선을 다해 노력했어요. 그러나 일이 뜻대로 되진 않았고…… 나는 머지않아 팬을 그만두게 되었습니다. 한번 잃은 신뢰가 회복되긴 어렵더군요. 그 몇 달 동안 얼마나 많이 울었던지. 아마 그때 쏟은 눈물을 닦지 않았다면 방안의 모든 가구가 다 삭았을지도 몰라요.

그런 의미에서 N 그룹을 좋아하게 된 건 나에게 무척 다행스러운 일입니다. 악동 콘셉트였던 이전 그룹과는 달리, N 그룹은 소년 콘셉트이고, 실제로도 순수하고, 팬들이 자신들의 그런 모습을 사랑해준다는 걸 잘 알고 있으니까요. 멤버들은 적어도 우리가 좋아하는 동안에는 우리의 독해를 저버리지 않을 거예요. 이대로라면 먼 훗날에도 가장 아름다운 모습으로, 새벽에 내린 이슬이나 꿀벌이 자진해서 바친 한 방울의 꿀만으로도 살아갈 수 있는 존재로 기억에 남겠지요. 꾸미지 않은 자연스러움이라는 명목으로 거친 언행까지 허용되는 요즘 아이돌 시장에서, 순수성을 지향한다는 것만으로도 제게는 멤버들이 소중하게 느껴집니다.

그러나 그렇게 얘기하면서도 멤버들을 검증하고 싶어하는 게 우리의 마음이었다. 우리는 드러나는 그들의 모습이 진실된 거라고 믿었다. 리얼리티 프로그램에서 그들은 자신에 대해 숨기지 않았고, 정직한 모습을 보여줬다. 하지만 그것만으로는 부족했다. 우리는 매체 바깥의 그들의 모습도—다시 말해 가능한 한 모든 것을 보고 싶어했다. 거기에서도 그들의 '진짜 모습'—순수성을 확인할 수 있길 간절히 원했다. 우리가 어떤 자료 못지않게, 멤버들의 동창생이 올린 글이나 우연히 그들을 본 일반인의 후기에 목을 매는 것도 같은 이유에서였다.

이런 우리를, 믿기 위해 반드시 소매를 만져야만 하는 어리석은 신도들이라고도 할 수 있다. 하지만 원래 팬이란 '믿는 자'라기보단 '사랑하는 자'이며, 사랑하는 자는 끊임없이 번민하고 의심하는, 어리석은 자가 아니던가? 어떤 보이지 않는 기적보다 단 한 번의 접촉이 믿음을 만든다면 구세주는 기꺼이 그 소맷자락을 내미는 게 옳았다. 나는 그것을 만지지 못해 애가 탔다.

만옥은 언제나 아는 사람에게 들은 얘기라고 했지만, 나는 그녀가 가끔 연습실 앞이나 숙소 근처를 의도적으로 배회한다는 걸 알았다. 그녀는 약속이 있어서, 카페에 갔는데 우연히, 라고 했으나 말하는 만옥이나 묻는 나 모두 수도권 외곽에 사는 만옥이 굳이 커피 한잔 마시러 강남까지 갈 일은 없다는 걸 잘 알고 있었다.

백 명의 팬이 있다면 사랑하는 백 개의 방식이 존재하겠지만, 멤버들의 개인 스케줄까지 따라다니는 사생팬은 척결해야 한다는 것이 우리의 방침이었다. 따라서 나 역시 만옥이 그런 얘기를 꺼낼 때면 불편한 기색을 은근히 내비치곤 했지만—고백하건

대—만옥이 하는 얘기 중에 그만큼 매혹적인 얘기도 없었다. 나는 매번 사생활은 안 돼, 사생활은 안 돼, 하며 나를 타일렀다. 그렇지만 결국 만옥의 얘기를 듣기 위해 귀기울일 때, 그 굴복은 무척 감미로웠으며 만옥이 몰아쉬는 숨까지도 독약이 든 성배처럼 달콤하게 느껴졌다. 나는 귓바퀴를 따라 창자까지 돋아나는 희열을 느낄 수 있었다.

그렇게 해서 들은 얘기 중에 더러는 흥미로운 것도 있었으나 저급 정보가 더 많았던 것이 사실이다. 본격적으로 사생을 뛰기 위해선 아주 많은 돈과 시간이 필요했다. 특히 개인 스케줄까지 따라가기 위해선 개인 소유의 차나 구두계약을 맺은 택시기사가 필수적이었는데, 만옥에겐 그 정도의 재력이 없었다. 만옥이 가진 거라곤 남들보다 뛰어난 지구력과 더위와 추위를 견디는 인내심뿐이었다. 그러나 그마저도 최소한의 생업을 위해, 이제 곧 나올 것 같은 멤버들을 뒤로하고 돌아가야 할 때면 쓸모없어졌다. 그런 상황에서 발로 뛰어 얻을 수 있는 정보에는 한계가 있었다.

그러나 만옥이 알려주는 정보는 경중을 떠나 어떤 것이든—예를 들어 연습실 앞의 빈 그릇 사진과 'M은 굴짬뽕을 좋아하나봐요. 자주 시켜 먹네'라는 말까지도—일급비밀 취급을 받았다. 지금 생각하면 그 모든 말이 만옥의 착각이나 어쩌면 거짓일 수 있었는데도 그랬다. 나는 나보다 많은 시간을 멤버들에게 투자하는 만옥이 선배처럼 느껴졌다. 선배의 말은, 가슴에 새겨둘 필요까진 없을지언정 나름의 의미를 지니고 있었다.

'굴짬뽕'만 해도, 그것에 대해 만옥이 아는 것은 그날 저녁 M이 연습실에 있었다는 것, 그리고 빈 그릇이 연습실 앞에 놓여 있었다는 것뿐이다. 그 그릇은 배달원이 찾아가지 않았던 걸 수도 있고, 다른 직원이 시켜 먹었던 걸 수도 있다. 그럼에도 만옥이 굳이 하나의 답을 고집한 것은 그것이 스스로에게 줄 수 있는 가장 큰 보상이었기 때문일 수도, 아니면 자기의 말에 경탄의 눈빛을 숨기지 못하는 나를 위해 그랬던 걸 수도 있다. 뭐가 되었건 그 위에 머물렀던 입술의 흔적을 찾는 일은 그 자체로 매혹적이었다.

의도된 오독과 추측이 난무하는 대화도 즐거웠지만, 무엇보다 내가 흥미를 느꼈던 건 그들의 아름다움이었다. 그것은 아주 단단하게 구축된 성벽 같았다. 견고하고, 어떤 외풍에도 굴하지 않는 성. 나는 언제나 '아름답다'라는 말로는 부족하고 심지어 고고하기까지 한 저 이미지를 널리 알리길 원했다. 그에 대해 찬양하길 원했다.

나는 그들이 얼마나 완벽한지, 얼굴의 좌우대칭은 얼마나 정확한지, 잡티가 하나도 없는 피부는 얼마나 윤기가 흐르는지에 대해 중세의 기사처럼 혈관 하나하나를 풀어헤쳐 길게 노래하길 원했다. 끊임없이 성벽을 타고 올라가 끝내는 정복하고 마는 담쟁이처럼, 온 힘을 다해 그 아름다움을 설명할 말을 찾고 싶어했다.

그러나 그런 말을 할라치면 이번 생에 너무 많은 단무지와 춘장을 먹은 탓인지 언어가 금세 시들어버리는 것이 느껴졌다. 아름다움 앞에 나는 얼마나 나약했던가. 절망과 무력감에 몸을 떨며 나는 내 고통의 근원을 입 밖으로 꺼내길 원했으나, 어떤 표현도 늪에 빠진 시체처럼 차게 인광을 발하는 말에 불과했다. 그랬기에 그렇게 자주 멤버들을 보러 갔어도, 막상 그들을 앞에 두고 내가 할 수 있던 말이라곤 헉, 하는 감탄사뿐이었다. 때론 비명을 지르거나 발작적으로 '사랑해'라고 외치기도 했으나 그런 말을 뱉은 뒤엔 풀리지 않은 응어리가 눈물이 되어 나왔다. 내가 이런 심정을 얘기하자 만옥도 그 마음을 이해하겠다며 이렇게 말했다.

우리는 어째서 우리가 아는 가장 아름다운 존재를 이렇게밖에 표현할 수 없을까요. 어째서 가장 아름다운 존재를 가장 천하거나 아무것도 아닌 말로만 표현하게 될까요. 가끔은 나도 모르게 큰 소리로 욕을 하고, 욕을 하면서도 그게 욕인지 모르고 멍하니 있기도 해요. 그게 내가 알고 있는 가장 최상급의 단어이기 때문일까요. 아니면 도저히 지금 눈앞에서 범람하는 이미지에 대응할 방법을 찾지 못해서일까요. 멤버들을 볼 때 내가 가장 자주 하는 말은 씨발, 죽어도 좋다, 예요. 자동인형처럼 씨발, 죽어도 좋다. 토씨 하나 안 틀리고요. 그 말을 나는 몇 번이고, 몇 번이고 제정신이 들 때까지 반복해요. 그럴 때의 나는 아마 미친 사람처럼 흰자가 번들거리고 있겠지요. 그러나 말하고, 또 말해도 이상하게 그 말만은 닳지 않는 것 같고 오히려 어떤 말보다 진실에 가깝다고 느껴져요.

*

팬의 시간은 대부분 기다리는 시간이다. 음악방송이 있는 날.

팬들은 아침부터 방송국 앞에 모인다. 그곳에서 멤버들이 출근하길 기다리고, 출석 체크 시간을 기다리고, 입장시간을 기다린다. 방송국에 들어간 뒤에도 기다림은 계속된다. 멤버들의 순서를 기다리고, 그들의 차례가 끝나면 전체 엔딩을 기다린 뒤 다시 처음의 자리로 돌아가 퇴근하는 멤버들을 기다린다. 멤버들이 출퇴근하고 무대에 오르는 약 십 분 정도의 시간을 제외하면 말 그대로 기다리는 일에 하루를 다 쓴다고 해도 무방했다.

그 기다림을 함께하는 사람이 있어 훨씬 견딜 만했지만, 그럼에도 나는 가끔 저린 다리나 아픈 허리를 참을 수가 없었다. 때론 멤버들이 숙소에 가든 말든, 본무대가 끝나자마자 집으로 가고 싶어질 때도 있었는데 이게 멤버들에 대한 애정이 부족해서인지, 아니면 나이를 먹어 체력이 달려서 그러는 건지 알 수 없었다. 막냇동생도 못 되는 어린 팬들 사이에 서 있노라면 지금 내가 뭘 하고 있지, 나도 내 할 일이 있는데, 내 나이가 몇인데, 하는 의문이 끊임없이 이어지기도 했다. 자주 온다고 해서 알아주는 것도 아니고, 멤버들과 어떤 관계도 갖지 못하는데 나는 왜 여기 있는 걸까.

때로는 한나절을 꼬박 기다렸어도 멤버들의 눈, 코, 입도 구분 못할 먼 거리에서, 오로지 '멤버들을 봤다'는 기억만을 간직하고 돌아가야 할 때도 있었다. (어째서 사랑하는데 이렇게 멀리서 볼 수밖에 없는 걸까?) 그럴 때면 나는 매번 오늘이 끝이야, 오늘을 끝으로 더이상은 따라다니지 말아야겠다고 다짐했지만, 어김없이 월요일만 되면 다음날 있을 음악방송 입장을 신청하게 되는 것이었다.

한번은 공연이 예정보다 한 시간 정도 늦춰진 적이 있다. 야외 공연이었고, 밤과 낮의 온도 차가 큰 날이었다. 낮에 흘린 땀이 식으면서 온몸이 얼어붙었다. 내일은 앓아누울 거라는 예감이 강하게 들었다. 준비성이 뛰어난 사람들은 미리 챙겨온 담요를 두르고 있었지만 내겐 스카프 하나가, 만옥에겐 카디건 하나가 있을 뿐이었다.

멤버들을 보기 위해선 아직 한참을 더 기다려야 했다. 우리는 추위를 견디기 위해 끊임없이 대화를 나눴다. 의미 없는 말의 연속이었지만 가만히 있는 것보단 나았다. 무대 위에선 한 성악가가 노래를 부르고 있었는데 그녀가 입은 오프숄더 드레스 때문인지 아리아가 비명처럼 들렸다.

체감온도는 이미 0도에 가까웠다. 끝난 줄 알았는데 다음 곡이 이어지자 입에선 절로 탄식이 흘러나왔다. 나는 몸을 부들부들 떨며, 그깟 N 그룹이 뭐라고, 안방에서 몸 지질 시간에 이러고 있는 건지 모르겠다고 농담 반 진담 반으로 말했다. 그 순간 마찬가지로 떨고 있던 만옥이 의문 가득한 표정으로 나를 봤다. 매우 찰나였지만, 그것은 만옥이 내게 드러낸 최초의 거리감이었다. 그녀는 언제나 그랬듯 선배나 스승 같은 태도로 말을 꺼냈다. 그렇게 시작된 만옥의 연설은, 점점 속도가 붙고 힘이 실려 얘기를 끝낼 쯤엔 접속사 하나하나까지 기묘한 열기를 띠고 있었다. 거기에 비하면 무대 위의 화려한 콜로라투라는 배경음에 불과했다. 여기에 더해 나는 그녀의 눈동자가—지루한 수식일지라도—미친 사람처럼 번득였다는 걸 적어두고 싶다. 긴말보다도 꿈속에 빠져 있던 그 눈빛을 이곳에 옮겨놓을 수 있다면 좋으련만. 내가 전할 수 있는 방법이 글뿐이라는 게 안타까울 따름이다.

내가 감당할 수 있는 것은 오로지 사진이나 영상, 그러니까 하나 이상의 필터를 거친 이미지입니다. 그것이 감당 가능한 이유는 순전히, 그것이 실재를 망친다고 할 정도로 한계가 있는 이미지이기 때문입니다.

내가 처음으로 멤버들을 가까이서 봤을 때, 나는 그들이 '여기' 있다는 걸 믿을 수가 없었고 시각 외의 다른 감각, 이를테면 주위에 있던 다른 팬들이 지르는 소리나 술렁이는 공기를 통해서야 간신히 그것을 인지할 수 있었습니다. 오랜 기다림에 지쳤던 사람들 사이에 갑자기 활기가 돌고, 공중에 떠다니는 먼지 한 톨까지도 긴장감에 몸부림쳤으며, 섭씨 99도에서 100도로 넘어가는, 그런 느낌이 몸속에서 끓어올랐어요.

아니, 말은 이렇게 하지만 사실 그들은 내 앞을 지나가지 않았던 건지도 모릅니다. 왜냐면 그렇게 뚫어져라 봤는데도, 나는 내가 본 세 정확하게 뭐였는지 설명할 수 없었거든요. 언어의 능력이 아니라 기억이나 인지능력의 부족 때문에요. 나는 그 순간을 간직하기 위해 동물적인 감각을 총동원했고, 창에 꿰인 짐승처럼 사투하듯 그들을 쳐다봤습니다. 그럼에도 끝내 초점이 어긋난 것처럼 아무것도 보이지 않고 아무 생각도 들지 않더군요.

멤버들이 탄 차가 출발하고서야, 비로소 나는 방금 내 눈앞에 멤버들이 있었다는 걸 깨달았습니다. 나는 그들이 눈앞에 있을 때보다 더 힘차게, 달리는 차를 향해 손을 흔들었고, 마치 그 차가 멤버들인 것처럼 이름을 불러댔습니다. 뺨이 차게 느껴졌던 걸로 봐선, 눈물을 조금 흘리고 있었는지도 몰라요.

그때 차가 잠시 신호에 멈췄고, 한 멤버가 팬들에게 인사를 해주기 위해 창문을 내리다가 마침 그 차를 따라 달리고 있던 나와 눈이 마주쳤는데…… 짧은 순간이었지만 정말로 세상이 정지하더군요. 재단사가 천을 자르는 것처럼, 망설임 없이 시간의 흐름에서 떨어져나오던 그 순간……

나는 그 순간을 잊지 않기 위해 돌아오는 길 내내 친구에게 메시지를 보냈습니다. 비록 찰나였지만, 다른 우주에서 온 것 같던 그 순간을 최대한 구체적으로 묘사하기 위해 노력했고, 내가 아는 모든 비유를 동원해서 그걸 정확히 표현하려고 애를 썼습니다. 내 인생엔 다신 없을 경험일 테니 잊지 말아야지, 잊지 말아야지 생각하면서요.

그러나 말하면 말할수록 언어가 이미지를 덮어버리고, 내게 충격으로 남은 그 모습은 눈물에 씻기는 유릿조각처럼 녹아내리는 게 아니겠어요. 나는 이미지가 오염되는 걸 멍하니 볼 수밖에 없었습니다. 차라리 사라지게 둘걸, 괜히 손댔다는 후회가 들었습니다. 언어가 틀렸다고는 생각하지 않아요. 다만 내가 체험한 순간의 환희를 표현하기에 턱없이 부족했을 뿐이지요. 잘하려고 하면 할수록 실패하게 되는 것이 우리의 운명인가요. 서툰 붓질과 같았던 시도가 나는 절망스럽게 느껴졌습니다.

그래서 그날 밤, 집으로 돌아와 사람들이 올린 사진을 찾아 친구에게 보내주려고 했어요. 말로는 불가능한 것을 사진으로는 전달할 수 있을 거라고 생각했거든요. 그런데 막상 사진을 찾아보니, 그거야말로 한숨만 나더군요. 그날 찍힌 멤버들의 사진은, 그간 내가 숱하게 봐온 사진들과 다를 게 없었어요. 사진이 가장 정확한 기록이라면 거기에 담겨 있어야 마땅한 환희와 충격, 정지의 순간은 어디로 간 거죠? 가장 본질에 가까운 것, 우리가 눈을 마주쳤을 때 그 사이 흐르던 파동 같은 건? 그 사진은 나의 하나뿐인 첫 만남, 첫 순간을 회복 불가능할 정도로 망가뜨렸어요. 비참할 정도로 망가뜨렸습니다. 누군가는 사진을 가장 정직하다고 하지만 나에게 있어 그날의 사진은 현실의 표절작조차 되지 못했어요.

그날의 경험이 나에게 어떤 기록―특히 사진에 대한 거부감을 가져다준 것 같습니다. 그날이 있기 전까지는 나도 다른 사람들에게 뒤처지지 않는 수집가였어요. 사진 찍는 팬들의 계정에 일일이 들어가 모든 사진을 저장하고, 유튜브에 올라온 영상은 소스를 따서 보관했지요. 지금도 그 버릇이 남아 사람들이 올려주는 멤버들의 사진을 보고, 때때로 그것을 저장하기도 하지만 예전같이 수천 장씩 모으게 되진 않더군요. 그것이 온전한 진실이 아니라는 것을, 기록의 거짓된 속성을 알아버린 거지요. 그렇지만 가끔 그 모든 걸 알면서도 기록에 의지할 수밖에 없을 때의 심정은…… 글쎄요, 설명하기 어렵습니다. 사람들은 소중한 것일수록 기록을 통해 남기려고 하죠. 그러나 어떤 기록도 순간의 모방일 수밖에 없다면 도대체 사랑은 어떤 방식으로 남겨져야 합니까?

나는 이런 생각을 했어요. 첫 만남의 충격이 환상에서 비롯한 거라고 치자. 그렇다면 이렇게 매일 기다려서 그들이 익숙해지면, 기록에 의지하지 않고 만남의 순간을 박제할 수 있는 능력이 생기지 않을까. 온 힘을 다해 집중하는 연습을 하면 기억의 천재가 될 수 있지 않을까.

하지만 기억 역시 변질되기 마련이더군요. 마치 꽃처럼요. 어떤 순간을 기억해야지, 하고 의식하는 순간 시간의 흐름에서 잘려 나와 뿌리를 잃어버리는 꽃. 나는 두려웠어요. 자주 만지면 금세 시들고 오래 두면 말라버리는 꽃이. 특별한 한때, 라고 이름 붙여 보관하기 위해 내 손으로 죽인 그 기억은 얼마나 오래갈까요. 내가 아니면 아무도 들여다보지 않을 그 박물관은 얼마나 고독할까요. 거기에선 서서히 진행되는 죽음의 냄새만이 희미하게 피어오르겠지요. 시간이 더 지나면 그마저도 익숙해져 맡을 수 없게 되겠지요.

고민 끝에 내가 택한 것은 찰나의 아름다움을, 그 안타까움을 받아들이는 쪽이었어요. 한순간을 미련 없이 사랑하자. 그리고 떠나보내자. 사랑을 그냥 사랑 그 자체로 두고 어떤 의도도 개입시키지 않기로 한 거지요. 그러다보면 어느 날, 처음에 느꼈던 솟구치듯 사랑하던 감정이 다시 찾아올지도 모르는 일이고요.

무대 위의 목소리가 절정으로 치솟고 있었다. 만옥이 다시 말을 이었다.

거기까지 도달하니 문득 누군가에게 들은 말이 떠오르더군요. 사람의 세포는 칠 년이 지나야 모조리 바뀐대. 들을 때는 아무 생각이 들지 않았던 그 말이 일종의 계시처럼 느껴지더군요. 나는 몇 번씩 그 말을 곱씹었습니다. 사람의 세포는 칠 년이 지나야 모조리 바뀐대. 그렇다면 적어도 칠 년 동안은 내 안에 과거의 한순간이 떠돈다는 게 아닐까. 그리고 내 인식과는 상관없이 내 몸에 세포 변화를 일으켜, 머리카락과 손톱을 길어지게 하고, 각질을 벗기는 게 아닐까. 그 변화가 다음날의 변화를 불러오고, 또 그다음날의 변화를 불러오고…… 그렇게 평생의 몸이 우연적이라고도 운명적이라고도 할 수 있는 한순간에 기대어 움직이는 게 아닐까. 그렇다면 몸은 그 자체로 살아 있는 박물관이 아닐까……

한순간을 동력으로 움직이는 박물관. 어쩌면 우린 매일 그곳을 방문하고 있는 건지도 몰라요. 부지런한 가게 주인이 문을 여닫는 것처럼, 그곳은 늘 같은 시간에 불을 켜고 그건 내가 죽기 전까진 영원히 반복될 풍경이겠지요. 그걸 생각하면 나는 이런 기다림은 몇 번이고 견딜 수 있다, 는 용기가 생겨요.

그날 무대를 보면서 나는 만옥의 말을 정말로 이해했다. 기록이나 기억 따위, 지금 눈앞에서 춤추는 멤버들의 모습에 비할 게 아니었다. 그러나 공연이 끝나고 버스를 타러 가면서 한편으로는 실시간으로 올라오는 그날의 사진을 확인하고 싶어 안절부절못했다. 이런 마음을 알았는지 만옥이 아까의 말에 이어 한마디를 더 덧붙였다. 그 말은 나를 용서하는 것 같기도, 탓하는 것 같기도 했다. 이 대화를 마지막으로 우리는 각자 집으로 돌아갔다.

말은 그렇게 했지만, 가끔은 나도 어떤 순간을 기록하려 합니다. 사진을 모으고, 때로는 글도 쓰지요. 그렇지만 그것이 불충분하고 불완전하다는 걸 알고 있고, 내가 그걸 안다는 걸 다행으로 여깁니다. 만일 내가 어떤 순간을 기록했는데 그것이 매우 정확하다고 스스로 생각하게 된다면, 그때가 나의 사랑이 떠나는 순간이라는 걸 알기 때문이지요.

*

나중에 나는 이런 글을 읽게 된다. 소설의 한 구절이다. 화자인 '나'가 눈앞에 나타난 한 여인에 대해 이야기하면서 글은 시작된다. 그녀는 근친상간의 죄악을 저질렀으리라 의심받는 여인. 게다가 나이 어린 소녀였으므로 독자들의 저열한 호기심이 그녀의 외모로 쏠릴 것이 분명했다. '나'는 그 변태적 심리를 미리 알고 차단하려는 듯, 도입부에 선언한다. '미키에게 수많은 언어를 붙여 독자 앞으로 끌어내려는 소설가에게 저주 있으라'[1]라고.

내가 문장 자체의 아름다움으로 인해 이 문장에 끌리는 사람이라면, 만옥은 이 문장이 담고 있는 뜻—그것은 전적으로 눈에 보이는 그대로의 의미를 지니고 있을 터였다—때문에 이 문장을 사랑할 인물이었다. 그녀는 언어를 믿지 않았고 사진을 믿지 않았다. 박제를 거부했고 박제의 쓸쓸함을 거부했다. 어쩌면 멤버들과 함께하는 모든 순간을 간직하고 싶던 만옥은 자기 방이 하나의 소우주처럼, 감당할 수 없을 만큼 수집된 기록들로 넘쳐날까 봐 두려웠던 건지도 모른다. 그래서 그것들이 아무것도 아닌 게 되기 전에 차라리 잊는 방법을 택한 건지도 모른다.

그 마음을 이해하지 못하는 것도 아니었다. 나 또한 멤버들의 사진을 매번 감탄하며 저장했으나 어느 날 휴대폰을 백업할 때 보니 그것들 사이에 큰 차이가 없어 놀랐던 적이 있다. 무대의상이 다른 날은 그나마 구분할 수 있었으나 메인보컬 A가 했던, 매번 같은 의상과 머리의 뮤지컬 사진은 도대체 무슨 수로 구분하란 말인가(어쩌면 제목을 잘못 저장한 탓일 수도 있다. '아시발귀여워ㅜㅜ' 대신 '××1009_커튼콜', 이런 식으로 저장해야 했던 건지 모른다).

그럼에도 나에게 멤버들이 눈앞에 있었다는 가장 큰 증거는 사진이었다. 나 또한 만옥이 그랬던 것처럼 기록이 기억을 뒤엎는 것을, 말로는 설명할 수 없는 떨림이 전복되는 것을 원치 않았다. 그러나 돌이켜 생각했을 때 그 감정은 실재에 압도당하고 싶은 욕망에서 비롯한 거였다. 나는 점만한 크기로 보이는 멤버들과 그들을 비추는 스크린 중 언제나 전자를 택했다. 그건 실재에 대한 자발적인 굴복에서 비롯된 것이었으나, 그 속엔 이 추위를 기다렸는데 고작 흰 천만 보고 갈 순 없다는 식의(그럴 거면 대체 뭐 땜에 여기까지 온 건가?) 보상심리가 작용하고 있었다.

나도 만옥처럼 실재와 마주친 순간을 잊곤 했다. 그러나 나의 경우 망각은 감당할 수 없는 아름다움 때문이 아니라, 그들이 멀리 있거나 혹은 너무 찰나에 지나갔기에 생긴 것이었다. 내가 사진을 싫어한다면 그건 기술이 실물의 아우라를 담아내지 못해서가 아니라 지나치게 실물과 같아서, 때로는 실물 자체를 능가했기 때문이었다.

한번은 우유 같아, 돌을 던지면 첨벙하는 소리가 들릴 거야, 라고 생각하던 멤버의 피부가 실제로 보니 화장독으로 뒤집어져 있어서 놀란 적이 있다. 그 일은 내가 그들을 흠잡을 데 없이 곱다고 여겼던 까닭은 어쩌면 그들이 정말 흠잡을 데 없이 고와서가 아니라 그렇게 보이도록 사진을 찍고, 혼을 팔아 보정한 사람의 공 때문이 아닐까 생각하게 되는 계기가 되었다. 어쩌면 이때부터 나는 회의에 빠졌던 건지도 모른다. 실재와 이미지 중 후자가 더 아름다운데도 굳이 길바닥에서 기다리는 자신을 스스로에게 납득시킬 재간이 없었기 때문이다.

결정적으로 실물을 보는 일에 대해 회의가 들었던 건, 만옥과 함께 퇴근길을 기다리던 어느 날이었다. 지은 지 얼마 안 된 방송국의 사옥은 전면이 통유리로 되어 있어서 퇴근하는 가수들을 그 너머로 볼 수 있었다. 그날 우리는 공개방송에 참가하지 못해 근처 카페에서 기다리다가 시간에 맞춰 방송국으로 갔다. 우리가 도착했을 땐 이미 많은 팬들이 유리벽에 다닥다닥 붙어 있었다. 잠깐의 시간이 지난 뒤, 무대의상을 갈아입기 위해 복도를 가로

질러 대기실로 향하는 멤버들의 모습이 보였다. 우리는 미친듯이 손을 흔들어 그들에게 인사를 했다. 닿지 않을 걸 알면서도 이름을 부르고, 수고했다고 외쳤다. 왼쪽 귀에선 끊임없이 셔터 누르는 소리가 들렸다. 멤버들이 멀어져갔다.

추운 날이었다. 아무도 방송국 앞을 떠나지 않았다. 조금 있으면 멤버들이 퇴근할 테지만 그게 언제가 될진 알 수 없었다. 우리는 멀리서 남자 그림자만 보여도 긴장했다. 이따금, 아무 일이 일어나지 않는데도 술렁이는 사람들 틈에서 나는 간이 졸아드는 것을 정말로 느꼈다. 멀리 대기실에서 남자 몇이 나왔다. 빨간 체크무늬 셔츠를 입은 건 리더 C, 블루종을 입은, 휘청휘청하고 걷는 남자는 '학다리' B라고 우리는 확신했다. 남자들은 계속 멀어지면서도 손을 흔드는 걸 잊지 않았다. 우리도 거기에 화답했다. 초혼하듯 이름을 불렀다.

그러나 빨간 체크무늬 셔츠와 블루종 남자에 대한 확신은 그날 퇴근길 사진이 뜸과 동시에 무너졌다. 망원렌즈를 이용해 일곱 번 연속촬영으로 찍은 사진이 말해주길, 두 명의 남자는 내가 좋아하는 N 그룹이 아닌 활동기가 겹친 C 그룹의 멤버들이었다. 놀랍게도 내가 좋아하는 멤버는 매니저라고 추측했던 회색 후드티를 입은 남자였다.

그날 저녁 나는 처음으로 멤버들을 향한 나의 애정을 의심했다. 보통 아이돌을 향한 사랑의 척도는 그들을 위해 몇 시간을 기다리고, 얼마나 돈을 쓰느냐로 정해졌다. 이는 반박 불가능한 명제였다. 그러나 오직 돈과 시간만이 기준이 되는 건 억울했다. 내가 엥겔지수를 최대한으로 낮추고 아르바이트 두 개를 해도 부잣집 자식이나 직장인을 이길 순 없었기 때문이다. 사인회에서 내가 다섯 장의 CD를 구입하고 하늘에 운을 맡기는 동안 궤짝으로 CD를 사는 사람들에게 무슨 방도로 이긴단 말인가?

시간을 많이 쓰는 일이 기준이 되는 것도 마찬가지였다. 깨어 있는 시간을 모조리 멤버들을 위해 쓰고 싶어도 현실이 발목을 잡는 걸 쳐낼 도리는 없었다. 나는 용돈을 벌기 위해 아르바이트를 해야 했다. 때때로 취업준비센터에 가야 했고, 교수님과 면담도 해야 했다. 다음달부터는 아침반에 등록해 토익 점수도 따야 했고, 기업설명회에 가서 USB와 형광펜도 받아와야 했다.

그러나 아직은 그런 것으로부터 자유로운 십대 소녀들은 정말 인생을 베팅이라도 하듯 멤버들을 위해 하루를 보냈다. 쓸 수 있는 자금은 적었지만 그들에겐 시간이 많았고, 시간이 많았으니 미래에 대한 걱정도 나중 일이었다. 사전녹화 방송을 처음 간 날, 내가 깜짝 놀란 것도 그 때문이었다. 분명히 평일 오후 두시에 하는 사전녹화였음에도 대기하는 사람 중 반은 교복을 입은 소녀들이었다. 도대체 어떤 거짓말로 교실을 빠져나올 수 있었던 건지, 나는 감탄을 금치 못했다. 특히 언제나 앞 순서에 있고(어떻게 매번 그럴 수 있단 말인가? 손가락이 마우스와 붙어 있기라도 한 걸까?), 언제나 함께 다니는 한 무리의 소녀들이 있었는데, 모든 행사장에 갈 때마다 앞에 앉아 삼각김밥과 쿨피스를 먹고 있는 그들을 볼 수 있었다.

보통 팬의 역할을 두 부류로 나눴을 때, 누나팬과 이모팬은 실질적 자금줄이고 발로 뛰어서 오빠들을 응원하는 건 소녀팬의 몫인 경우가 많았다. 나이는 누나팬이지만 자금은 소녀팬이었던 나는 어디로도 분류되지 못하는 어중간한 존재였다. 나는 다른 게 아니라 그런 것이, 사인회 같은 알짜배기는 가지 못하고, 무료 행사조차 시작시간에 간신히 맞춰 뛰어가는 것이 부끄러울 때가 많았다.

그런 내가 일종의 자기변명을 위해 세운 기준이 그들을 얼마나 운명적으로 알아볼 수 있는가였다. 평소에 나는 멤버들의 손이나, 혹은 입술만을 보고도 그들을 구분할 수 있었다. 마디가 굵고 뭉툭한 손은 남자다운 M, 유난히 두둑하고 넓은 귓불은 B 등. 나는 그것을 하나의 고정된 모양으로 기억하는 것이 아니라, 근육과 뼈의 움직임을 오래 공부한 화가 지망생처럼 이해하고 있었다. 신곡이 나오면 가사집을 보지 않고도 멤버들의 파트를 구분하는 건 당연했고, 헬륨가스를 마시고 꾸민 목소리도 구분할 수 있었다. 나는 이것을 반복학습에 의한 결과라기보다는, 어떤 운명에 의한 능력이라고 믿었다. 그리고 그것을 의심하지 않았다.

그러니 단순히 멀리 있다는 이유만으로 그들을 구분하지 못해, 내가 나의 능력과 애정을 의심하게 된 일이 무척 고통스러웠다는 건 말할 필요가 없겠다. 나는 내가 사랑에 눈이 먼 자라고 믿었으나 실은 눈뜬 장님에 불과하다는 걸 알아차렸다. 게다가 이 장님에겐 예언 능력도 없었다.

*

그날 이후 나는 단순히 공개방송에 출석하는 것에 그치지 않고 그 경험을 기록하기로 했다. 기록을 위한 가장 좋은 수단은 당연히 이미지였는데, 그것은 기억보다 오류가 적고 원할 때 언제든 꺼내 볼 수 있다는 장점이 있었다. 그러나 사진은 엄밀히 말해 '나의 기록'이 될 수 없었다. 그것은 사진이 기술에 많은 부분을 의존하기 때문만은 아니었다.

행사에 갈 때마다 내가 의문을 가졌던 건, 휴대폰으로 멤버들을 촬영하는 이들이었다. 화질이 좋지 않아 조명 속에선 그저 흰 얼룩으로 보일 뿐인 그 이미지를 굳이 찍는 이유를 나는 알 수 없었다. 사진이 갖고 싶으면 인터넷에서 찾으면 되는데. 그럼 속눈썹까지 보이는 고화질을 건질 수 있는데도 순전히 '자기가 찍은 것'이라는 이유로 실물 보기를 포기하고 휴대폰을 꺼내드는 이들을 나는 이해할 수 없었다.

기록하기로 결심한 뒤에야 나는 그 이유를 알게 되었다. 남들이 올려주는, 몇십 배 줌을 당겨 찍은 사진이 그저 정확하기만 할 뿐인 기록이라면, 내가 찍은 사진은 내가 본 '진실'이라는 점에서 어떤 아우라를 간직하고 있다고까지 할 수 있었다.

내가 이것을 깨달은 계기는 지난번 야외공연에서 의도치 않게 남긴 네 장의 사진 때문이었다. 멤버들이 나올 때까지의 시간을 견디기 위해 나는 휴대폰을 만지고 있었고, MC의 소개로 멤버들이 나오자 곧장 휴대폰을 넣었다. 그런데 내가 휴대폰을 주머니에 넣으려는 찰나, 실수로 휴대폰 화면이 눌렸고, 그 결과 네 장의 사진이 남게 되었다. 나는 그것을 그다음날이 되어서야 알았다.

연속으로 찍힌 네 장의 사진은 이미지라고 말하기도 어렵다. 한 장은 심하게 흔들렸고 나머지 세 장은 검은 사각형에 불과했다. 그중 유조선에서 기름이 새는 모양 같은 첫번째 사진을 보면, 왼편 끝에 노란 얼룩이 묻어 있는 걸 확인할 수 있다. 그것은 무대에 올라오기 전 대기하고 있던 멤버들로, 나는 그 노란 점들이 멤버들이라는 사실을 그들이 그날 노란색 의상을 입었고 주변에 노란색 물체가 없었다는 걸 근거로 알 수 있었다. 그러나 그것은 나의 기억에 따른 주장일 뿐이고, 노란색은 앞사람의 머리카락일 수도, 누군가 든 플래카드일 수도 있었다. 그런데도 나는 그것이 멤버들이라는 사실을 의심하지 않았다.

결과적으로 그 사진은 믿음으로만 의미 있는 사진이었다. 그럼에도 나는 그 사진을 지우지 않았는데 그것이 내가 멤버들을 최초로 찍은 사진이어서 그랬다기보단 은연중에 그것이 내가 원하던 이미지였다는 걸 알고 있었기 때문이다.

그러나 그때의 나는 좀더 제대로 된 사진을 원했다. 흐릿한 이미지가 개인의 상상과 기억에 의존해 아우라를 가진다면, 정확한 이미지는 맥락 없이도 작동하는 아우라를 갖고 있었다. 더불어 솔직하게 말해, 나는 가장 아름다운 모습을 찍음으로써 그 이미지를 갖고 있다는 권력을 누리고 싶기도 했다.

내가 N 그룹을 쫓아다니면서 아쉬워던 것 중 하나는, 멤버들의 모습을 거의 전문가 수준으로 찍어서 올리는 몇몇 인물들이 언제나 A컷은 제외하고 B컷만 고화질로 푸는 것이었다. 사진의 공개 여부는 개인의 재량에 달려 있는 건데도 그랬다. 나는 DSLR 화면을 다시 휴대폰으로 찍어서 올린 '프리뷰' 사진만 모은 폴더를 갖고 있었다. 그리고 그중 끝내 고화질로 공개되지 않은 사진을 보면서, 이토록 아름다운 것의 원본을 한 사람만 독점한다는 게 불공평하다는 생각을 했다.

그러나 실은, 그보다 내가 부러웠던 것은 자신을 찍는다는 것을 아는 멤버들이 카메라를 향해 보내는 윙크나, 손가락 하트 따위의 제스처였다. 비록 멤버들이 쳐다보는 건 거대한 렌즈일지라도, 나는 그 애정 표현을 한순간이라도 받고 싶었다.

더불어 언제든 변심이 가능한 팬의 마음도 내가 고화질의 사진을 찍고 싶게끔 하는 이유 중 하나였다. 지금은 영원히 한 그룹만 사랑할 것 같은 팬들이지만, 모든 사랑이 그렇듯 그 사랑도 끝이 있었다. 아무리 사람들이 많이 찾고, 또 애정이 큰 이들이 운영하던 팬 페이지라고 해도 시간이 지나면 사라져버리는 일이 비일비재했다. 나는 그 홈페이지의 자료들이 사라지는 게 안타까웠다. 공식적으로 올라온 것 외에도 개인이 소장하고 있었을 수많은 이미지가, 한때는 전부라고 믿었던 것이 애정과 함께 지워진다고 생각하면 내 몸의 일부가 떨어져나가는 것 같았다. 그러나만약 내가 사진을 찍는다면, 그건 내가 버리지 않는 이상 나에게 귀속될 이미지였다. 타인과 공유되지 않을지언정 영원히 남아 있게 될 터였다.

여기까지 생각이 다다른 나는 신이 나서 인터넷을 검색했다. 사진을 찍는 사람들이 모인 사이트에 들어가서 '인물사진'란을 클릭한 뒤 게시물을 읽었다. 거기엔 아이돌이나 배우들을 찍는 이들이 이미 자기들만의 소우주를 형성하고 있었다. 나는 반복해서 등장하는 카메라와 렌즈의 별칭을 검색했다. 그리고 그것의 정식 명칭을 찾아내어 가격대를 알아본 순간, 그 깊고 넓은 세계의 일원이 되기 위한 입회비 앞에 무릎을 꿇을 수밖에 없었다. 기기는 내가 넉 달을 구황작물만 먹고 버틴 다음, 그것을 지켜본 천지신명이 노력이 가상하다며 계좌번호를 부르라고 해야지만 살 수 있는 가격이었다. 나는 사진으로 기록을 남기는 것을 포기했다.

다음으로 내가 선택한 방법은 글이었다. 글은 기계에 의존하지 않으면서도 별다른 훈련을 필요로 하지 않는다는 것이 내 생각이었다. 나는 무엇보다 전자에, 그러니까 돈이 들지 않는다는 사실에 매혹됐다. 글이 과연 사진만한 기록이 될 수 있을까 객관성이 의심되기도 했지만 다른 도리가 없었다.

(그러나 지금 생각하면 그 주관성이 내가 바라던 게 아니었나 싶다. 나는 은연중에 그런 생각을 했던 게 아닐까? 그러니까, N 그룹에 대해 적는 것은 그들에 대한 기록일 뿐만 아니라 나에 대한 기록이라는 생각. 안방을 나와 본격적으로 따라다녔다는 점에서 N 그룹은 내게 의미 있었다. 당시 나의 하루를 얘기하자면 시간이 되는 날엔 방송국으로 가고, 되지 않는 날엔 공허함에 괴로워하는 것이 전부였다. 단순히 취미라기엔 이미 내 일상에 너무 깊이 파고들어 있는 그들과, 나조차 설명할 수 없는 내 모습을 나는 스스로 이해하고 싶었던 건지도 모른다. 글의 주관성은 흐릿한 사

진이 가진 아우라 같은 것이었다. 그건 오로지 나만 해석할 수 있는, 그래서 유의미한 기록이었다.)

처음 공개방송에 간 날부터 되새기며 나는 우선 정확한 사실을 적었다.

09. 07. 월요일. SBS 〈인기가요〉 사전녹화. 오후 2시. 참여 인원 150명.

137번 순서로 입장. 선착순 50명이 스탠딩석이라, 좌석 둘째 줄 왼쪽 끝에 앉음. 음향 실수로 삼 회 재녹화. 마지막 테이크는 2절부터 부르는 걸로 시작. 무대의상은 남색 차이나칼라 교복. 무대 소품으로 책상과 걸상이 사용됨. M과 C, B는 재킷 대신 회색 카디건을 입었다.

09. 09. 수요일. MBC MUSIC 〈쇼! 챔피언〉 본방송. 오후 7시. 5시 30분부터 팬 입장. 참여 인원 50명.

49번 순서로 입장. 스탠딩. 발라드 가수 B와 M 그룹 사이 일곱번째로 출연. 배경으로 뮤직비디오를 편집한 영상을 사용. M이 자기 파트 전에 마이크를 떨궜으나 바로 주움. C가 마지막 사비 부분 애드립을 평소와 다르게 함. 일위 발표를 하고 퇴장할 때 C가 팬석을 향해 손을 흔들어줬다.

이런 식의 사실 진술에 덧붙여 나는 그날의 인상에 대해서도 기록했다. 멤버들의 외모나 그날의 날씨, 대기할 때 있었던 몇몇 사건에 대한 나의 생각 등. 건조한 문체를 유지하고 있으나 주관성을 숨기지 않는 이런 대목에서 멤버들에 대한 당시 나의 심정을 잘 읽을 수 있다.

　09. 19. 토요일. 일산 호수공원 가을 코스모스축제(행사). 오후 7시. 축하공연 무대. 12시부터 대기.

　지난 앨범 타이틀곡과 후속곡, 그리고 이번 앨범 타이틀곡과 3번 트랙을 부름. 무척 신났다. 중간에 짧게 멘트. 비방용 행사라 그런지 M이 앞머리를 내리고 등장. 순간 정신을 짧게 잃음. 아이라인을 진하게 그렸는지 오늘따라 눈이 깊어 보였다. 정말 아름답다는 말밖엔 할말이 없음. 평소 멘트를 하는 C가 아니라 A가 무대 인사를 했다. 내 옆에 앉은 여자가 A의 팬이었는지, 앓는 소리를 내며 셔터를 미친듯이 눌렀다. 오늘따라 A가 무척 박력 있고 남자답게 느껴졌다. (후략)

　09. 22. 화요일. SBS MTV〈더 쇼〉본방송. 오후 8시. 6시 30분부터 팬 입장. 참여 인원 50명.

　걸그룹 A 다음 순서로 등장. 오늘은 재킷을 벗고 와이셔츠만 입었음. 반항적으로 보여서 좋았는데 옷 소재가 얇아서 추울 것 같았다. M의 눈은 오늘도 아름다움. 정말로 아름다워서, 멀리서도 빛이 남. 어떻게 그런 눈이 존재할 수 있는지 감탄사가 나온다. 진짜로 어머니가 누군지 묻고 싶어짐. 이발을 했는지 C의 머리가 좀 짧아짐. 두상이 예쁜 C는 짧은 머리가 어울린다. 평소보다 어리고 귀여워 보였다. (후략)

처음엔 단순한 기록만으로 만족했다. 그러나 이런 식의 글쓰기를 반복하며 점차 나는 한계를 느꼈다. 현장에선 반쯤 넋이 나간 상태이기에 단문만 구사한다고 쳐도, 곰곰이 생각한 끝에 그들에 대해 쓰는 표현이 '아름답다'거나 '잘생겼다' 정도의 수식이라는 건 부족했다. 그것이 정확한 표현이라면, 글을 쓸 때 해방감이 들어야 했다. 그러나 내가 느낀 것은 뭔가, '뭔가'가 부족하다는 데서 오는 갈증과—심지어는—부당함이었다. 예를 들어 '아름답다'는 표현은 이미 수백 년 동안 '아름다운 것'을 위해 봉사한 언어였다. 그러나 그것은 바로 그 점, 이미 많은 이들이 가장 정확하다고 판단하여 사용한 탓에 이제 막 사랑에 빠진 이가 상대방을 수식하기에는 너무 닳아버린 언어였다.

그러나 마땅한 대안을 찾지 못했기에 나는 아름다운 것을 '아름답다'라고, 사랑스러운 것을 '사랑스럽다'라고 표현할 수밖에 없었다. 고민에 빠진 나는 전략을 바꿔 과잉하는 방식으로 언어를 돌파하려고 시도했다. 그래, 아름다운 것을 아름답다고 말하자. 멋진 것을 멋지다고 말하자. 그래서인지 이때의 기록을 보면 형용사를 활용하라는 숙제를 받은 외국인의 일기 같다. 아름답다/멋지다/사랑스럽다로만 채워진 일기. 거기선 날짜를 구분하는 일이 무의미할 정도다.

이 시기 저장한 사진의 제목도 마찬가지다. 이전의 사진이 '눈이아름다움' '오늘도눈이예쁘군' '눈매좀봐' 정도로 나름의 차이점을 두려 했다면, 이 시기는 오로지 '존나잘생김1' '존나잘생김2' '존나잘생김3'과 '아름다워1' '아름다워2' '아름다워3'의 나열이었다. 나중에 나는 폴더를 정리하다 '아름다워'라는 이름의 사진이 250까지 있는 것을 보고 놀랐는데, 다른 게 아니라 그 숫자를 보고 있자니 이름들이 나 몰래 교미한 것이 아닐까 하는 생각마저 들었기 때문이었다. 이렇게 서툰 방식에도 불구하고 쓸 당시에는 모든 '아름다워'가 각각의 의미를 지니고 있었던 건 다시 생각해도 정말 기이한 일이다.

문제는 내가 반복되는 언어로 멤버들의 이미지를 표현하자, 그들이 가지고 있던 신비의 베일이 조금씩 벗겨졌다는 데 있었다. 내가 가장 자주 썼던 '아름답다'는 표현은, 그 표현이 익숙해지는 만큼 그것이 수식하고 있는 멤버들까지 익숙해지도록 만들었다. 신비함을 오래 간직하기 위해 동원한 그 언어가, 목적과는 반대로 아우라를 위협했다. 나는 문득 그것을 깨달았다.

그날도 나는 아름답다는 표현으로 일기를 채우고 있었다. 눈도 아름답고, 코도 아름답고, 아, 턱은 또 얼마나 아름다운지…… 거의 넋이 나간 것처럼 페이지를 메우는 중이었는데, 순간 이 기록이 지겹다는 생각이 들었다. 나는 그런 생각을 한 자신에게 충격을 받았다. 아직까진 그렇게 되지 않았지만, 시간이 지나면 이 '아름답다'가 수식하는 멤버들까지 지겹고, 입 아프고, 지친다고 여기게 될지도 모른다는 생각이 들어서였다. 인양된 조각상에서 따개비를 긁어내듯, 언어를 긁어내야겠다는 생각이 들었다. 그들의 실존도, 또 그 앞에서 압도되는 나의 감정도 해치지 않을 다른 질서의 언어가 필요했다.

이를 위해 내가 시도한 것은 사랑에 대한 미문을 빌려오는 일이었다. 누군가가 도서관에 있는 모든 연애소설을 읽음으로써 이별의 고통을 극복했다는 얘기를 듣고 떠올린 방법이었다. 사랑에 대한 명문장을 필사하다보면 그것이 작동하는 방식—어째서 이것은 명문장인가, 어째서 이것은 내 마음을 울리는가—을 알 수 있을 것 같았고, 그 방식을 따라 하다보면 멤버들에 대한 내 마음도 오래 살아남을 정확한 문장으로 표현할 수 있으리라는 생각이 들었다.

나는 내가 알 정도로 유명한 연애소설들, 여기에 다 적을 수는 없지만 누구나 알고 있는 그런 고전을 읽었고, 눈에 띄거나 인상 깊은 구절을 기록했다. 어떤 것은 문맥 파악을 위해 문단 전체를 기록하기도 했다. 그렇게 해서 나는 지금도 욀 수 있는 몇 개의 좋은 문장을 건졌지만, 당시 내가 강하게 느꼈던 건 '사랑하는 이들'이라는 이름 아래 나와 근친성을 주장하는 화자들이 대부분 거짓된 인물이거나 혹은 이해 불가능한 변태라는 사실이었다. 독자인 내가 화자와 동일시될 수 없으니 독서가 제대로 될 리 없었다. 책 속의 인물들이 죽네 사네 해도 그것은 내게 희극에 불과했다. 주인공이 던지는 회심의 문장 또한 공허한 외침처럼 느껴졌다.

내가 이렇게 비딱하게 연애소설을 봤던 가장 큰 이유는 나의 사랑의 특수성 때문이었다. 팬의 사랑은 대중매체가 등장하기 전엔 존재하지 않았던 이상한 사랑이다. 모든 연애소설, 심지어 짝

사랑을 다루는 소설에서도 인물은 어떤 방식으로든 상대방과 '관계'라는 걸 맺는다. 그러나 팬의 사랑은 관계 자체가 성립되지 않는 사랑이었다.

한번은 지독한 짝사랑 소설이 있다고 해서 읽은 적이 있다. 한 사람을 일생 동안 사랑했지만 그에게 자신의 존재를 알리지 못한 여인의 이야기라기에, 나는 어쩌면 이 소설만이 유일하게 나의 얘기를 하고 있을지도 모른다고 예감했다.

그러나 사랑하는 이가 자신을 알아주지 못해 고통 속에서 죽어 간 그녀는, 비록 하룻밤 상대일지라도 몇 번이나 그와 동침한 적이 있는 여자였다. 심지어 그녀는 그와의 사이에—비록 그 시점에선 죽어 있었지만—아이도 있었다. 이야기 초반, 여인이 찬 바닥에 누워서 사랑하는 남자의 발소리를 기다리는 대목에서 눈물을 삼키던 나는, 그녀가 그의 방에 초대받던 순간에 느꼈던 배신감을 잊지 못한다. 그녀와 달리 내가 '그'의 방에 초대받을 확률은 0에 수렴했다. 나는 절망했다.

그러나 내 사랑의 특수성을 떠나서도 나는 대부분의 연애소설에 공감할 수 없었다. 여자 화자들은 이해되질 않았으며 남자 화자들은 소름 끼쳤다. 나는 그토록 많은 남자들이 어린 여자에게 매혹되고, 또 그토록 많은 여자들이 나이 많은 남자에게 매혹되는 것에 놀랐다.

나는 어린 남자들을 사랑했다. 그것은 내가 유아기 때나 청소년기, 그리고 지금까지 가지고 있는 한결같은 취향이다. 나는 늘 같은 나이 대의 남자들을 사랑했다. 그러므로 내가 지금 그들을 어린 남자라고 지칭하는 것은 나의 시간이 흘렀음을 반영하는 표현일 뿐, 그 이상도 이하도 아니다. 내가 사랑한 남자들은 언제나 육체적으론 가장 아름답고, 정신적으론 불안정한 시기의 남자들이었다. 그들은 어리석고, 맹목적이며, 스스로 그것을 알지 못했다. 취향이 없고, 말이 많으며, 언제나 노골적으로 애정을 갈구했다. 나는 그 눈멂을 무척 사랑했다.

그러나 책 속의 여자들은 언제나 나이 많은 남자—그들의 단단한 손끝에서 풍기는 나무 냄새나 코를 찡그리는 버릇, 그 버릇을 따라 생긴 주름살에 매혹되었다. 나는 그녀들이 나이 많은 남자에게 원하는 것이 안정감이라고 추측했다. 그러나 뜻밖에도 그녀들의 마음을 병들게 한 건 남자의 내면에 있는 막연한 불안감이었다. 어째서 어린 남자의 불안은 거부하면서 늙은 남자의 불안은 매력적으로 보는 걸까. 그건 혹시 연상의 남자와 연하의 여자가 만나는 것을 기본형으로 여기는 사회의 통념에서 비롯한 것이 아닐까. 여러 방면으로 추측해봤지만 도저히 이해가 되지 않았다.

남자 화자가 등장하는 연애소설의 경우는 더 심했다. 어느 때 나는 그들에게 이해 불가능을 넘어 경멸의 감정까지 느꼈다. 특히 그들이 묘사하는 아름다움이 그랬다. 그들은 자신이 사랑하는 인물을 엉겨붙은 속눈썹이나 드러난 허벅지로 묘사했다. 이는 기본적으로 여체를 떠올리게 하지만, 해석에 여지가 있으므로 괜찮은 편이었다. 내가 정말 견디기 힘들었던 것은 '금빛 모래를 뿌린 것 같은 젖가슴'이나, '털로 뒤덮인 둔덕' 따위의 묘사였다. 특히 나이 많은 남자 화자가 이런 식으로 사랑하는 여인을 그릴 때면 내겐 아름다운 소녀(나 그런 외형을 가진 여자)가 아니라, 그녀에게 뻗치는 불쾌한 손이 신경반사급으로 떠올랐고, 그 끔찍한 손이 급기야는 언제나 사랑으로 들끓는 나의 가슴에 싸늘한 물을 끼얹는 것이었다.

이런 상황에서 내가 견딜 수 있었던 유일한 연애소설은 남성 동성애를 그린 소설이었다(여성 동성애 소설의 경우는 어떨까 궁금했지만 당시엔 찾을 수 없었다). 거기엔 나이 많은 남자에 대한 매혹도, 님펫에 대한 변태적 묘사도 존재하지 않았다. 동시에 '아름답다'는 단어를 사용하지 않고도 그것에 대해 말하는 탁월한 문장이 있었다. 사랑의 정수가, 사랑의 고통이 거기에 있었다.

그러나 정확한 사랑의 대상이 있는 나로서는, 인물들의 묘사가 구체적이고 아름다워질수록 문장과 나의 거리가 멀어짐을 느낄 수밖에 없었다. 또한 사랑하는 두 인물이 모두 남자였으므로 어느 쪽에도 나를 대입해서 읽기 어려웠다는 것과, 본인이 동성애자였던 몇몇 작가가 남긴 소설을 제외하곤 이런 사랑에 대한 소설을 찾기 어려웠다는 것도 문제였다.

결국 연애소설 읽기는—지금 생각하면 나의 정보 수집 능력 부족으로 인한 자료의 희소함이 한몫했다고 보지만—나의 사랑의 특수성을 느끼게 했고, 그로 인한 고립감을 줬고, 짜증까지 선사했다는 점에서 실패로 돌아갔다.

그렇게 다시 기로에 선 나에게 다가온 것은 나의 상황에 맞게 오독이 가능한 문장이었다. 나는 어떤 때는 요리책에서, 어떤 때는 역사책에서, 어떤 때는 성서에서 그런 문장을 찾았다. 처음 내가 오독한 글은 다음과 같다. '선택받은 민족이 아닌 이들에게 신은 말씀을 주지 않았다. 그러나 이민족의 한 사람이 주 앞의 개들은 식탁에서 땅으로 떨어진 부스러기도 먹는다고 했다. 그러자 그가 거기 감복하여 네 믿음이 널 살렸다며 말씀을 주었다고 한다.'

여기에서 이민족은 개에, 말씀은 음식에 비유된다. 여인이 하고자 했던 말은, 개가 땅에 떨어진 음식도 달게 생각하는 것처럼, 그녀 역시 신의 말씀이라면 기꺼이 받아먹을 준비가 되어 있다는 것이었다. 그러나 나는 이 문장의 개는 나로, 말씀은 멤버들이 팬들에게 주는 사랑으로 이해했다. 그러자 문장을 이해하는 일이 너무 쉬워졌다.

적극적으로 오독한다는 점에서, 나는 새로운 유형의 독자가 된 건지도 몰랐다. 다만 세상 사람들이 감히 빠순이의 사랑을 신 앞의 사랑에 갖다 댔다는 것에 대해 불쾌감을 가질지 모른다는 것이 문제라면 문제였는데, 그것은 '정말로' 사랑에 눈먼 상태인 나에겐 중요한 것이 아니었다.

많은 문장 중 특히 이 문장이 내게 중요했던 것은, 내가 이로 인해 그간 접했던 연애소설이 어째서 읽히지 않았는지 이해했기 때문이다. 예컨대, 동생들에게 빵을 나누어주는 자비로운 여인에게 반한 남자의 심정이 드러난 장면에서 내가 전율하지 않았던 이유를 나는 이 비유를 보고 이해했다. 내겐 사랑에 빠진 남자보다 떨어진 부스러기를 먹기 위해 노심초사하는 새에게 몰입하는 편이 더 쉬웠기 때문이다. 나는 훗날 이것을 인용하여 다음과 같은 글을 쓰기도 했다.

로테가 어린 동생들에게 흰 빵을 나누어줄 때, 그때 바닥에
떨어진 부스러기만으로 연명할 수 있는 새처럼 당신을 사랑해.

이 시기, 나는 금광에 눈이 먼 사람이었다. 매일 아침, 나는 도
서관의 이곳저곳을 훑었으며 맥을 짚었을 땐 참지 못하고 희미한
한숨을 쉬었다. 인생에서 가장 많은 책을 읽었고, 명확한 언어로
애정을 표현할 수 있었으니 팬생활 또한 만족스러웠다. 이런 방
식의 기록에 정착해도 전혀 아쉬울 게 없을 정도로 말이다.

그러나 나는 나조차 알 수 없는 이유로 언어의 체계를 재정비
하는 세번째 단계로 넘어갔다. 오독과 필사는 어쨌건 남의 자식
이라는 생각과, 나의 사랑이니 그래도 나만의 방식으로 표기해야
하는 것이 아닐까 하는 의문이 있던 것일 수 있다. 혹은 나의 말로
남길 수 있는 것만이 나에게 귀속될 수 있다고 믿었을 수도 있고.
그러나 다시 생각해도 그때의 심경 변화를 무엇 때문이라고 꼬집
어 말하긴 어렵다. 이미 나는 저도 모르는 새 다음 단계로 진입해
있었고, 새로운 언어를 쓰기 위해 필요한 나만의 사전을 편찬하
고 있었다. 그리고 여기에 더불어,

그때 적어둔 단어를 보기 전에, 지금까지 '멤버들'이라고 복수
형을 썼으나 실은 그것이 모두 멤버 M을 지칭하는 표현이었다는
걸 밝혀야겠다. 물론 나는 N 그룹 전체에 애정을 품고 있었다. 그
러나 그들을 따라다니고, 기록에 집착했던 바탕에는 M을 향한 나

의 이성애적 사랑이 있었다. 오로지 그를 향한 애정이 나를 여기까지 도달하게 한 동력이었다.

이제야 이 사실을 고백하는 이유는, 이때까지의 기록과는 달리 아래에 적힌 문장들이 너무나, 단 한 사람만을 위한 글이라는 사실을 숨기고 있지 않기 때문이다. 당시 나는 이 단어장을 만들며 이것이 오로지 나와 그만의 암호를 해독하기 위한 참고문이 되길 바랐다. 그 결과 때로는 욕심을 버리지 못해 이상한 비유를 쓰거나, 노골적으로 욕망이 드러나는 구절을 쓰기도 했지만 말이다. 이것을 다시 보는 일이 쉽지는 않았다. 그렇지만 부정한다고 해서 내가 이 글을 썼다는 사실이 사라지는 건 아니다. 이게 바로 기록의 속성이다. 그래도 너무 도덕에 어긋나거나 낯부끄러운 것은 제외하고, 여기엔 내가 가장 좋아했던 단어만을 적는다.

ㄱ(ㄲ)

귀신

내가 되고 싶은 것. 보이지 않게 너의 곁을 통과할 수 있다. 네 내장에 손을 넣어볼 수도 있다.

귀하다

소중한 것, 드문 것을 지칭할 때 쓴다. 너는 인간이 신에게 간절히 빌어 영혼과 교환하고 만들어낸 작품이기에 더 그렇다.

꿈

아주 좋은 것. 때때로 너는 두 번 나온다. 너는 나의 연하 애인이 되어 세 시간 동안 운다. 길을 걸으며 나는 그걸 달래준다.

ㄴ

나를 만지지 마라

1. 예수가 무덤에서 부활했을 적에 마리아가 그의 몸을 만지려고 했다. 그러나 예수는 '나를 만지지 마라'라는 말을 하고 자신이 살아 돌아왔음을 알리라고 했다. 마리아는 그의 몸을 만지지 않고도 알았다고 대답했다.

2. 네가 하는 말.

노인

그들은 탐욕스럽다. 그들은 인공치아를 끼고서 세상에서 가장 부드러운 것을 원한다. 물의 요정이 먹을 것 같은 고기. 그러니까, 너의 뺨 같은 것을.

(유) 나

눈

1. 마주치는 순간 너의 눈은 갈고리처럼 내 심장을 꿴다. 나는 청새치처럼 네 배에 매달려 살이 다 뜯겨도 좋다. 가지려

거든 나의 백골을 가지렴. 너로 인해 순결하고 깨끗해진 내 뼈를.

2. 가장 아름다운 것. 할 수만 있다면 그걸 뽑아 목에 걸고 다닐 텐데. 마른 꽃잎처럼 로켓에 넣어 나의 살과 맞닿는 곳에 품고 다닐 텐데.

ㄷ(ㄸ)

당혹스럽다

친구 P가 말했다. "빨간 피네. 체한 줄 알았는데." 너를 기다릴 때면 나는 매번 그런 심정이다.

딸기밭('Une belle fraise pour votre joli sourire.')

친구 P가 가르쳐준 표현. 사랑하는 사람에게 쓰는 말에서 유래. 해석하자면 다음과 같다. '예쁜 딸기를 줄게요. 당신의 미소에 대한.'

ㄹ

라임

네가 웃을 때 나는 세상의 모든 라임나무를 베어버려도 괜찮다고 생각한다.

ㅁ

모서리

1. 거기에 나의 영혼이 앉아 있다. 네가 방안에 있을 때, 적어도 네 개 이상의 나의 눈동자가 그 방에 달려 있다.

2. 내 손을 끼워두길 원하는 곳. 네가 무심코 쳐다볼 때, 그 날카로움에 눈이 다치지 않게.

목숨

나는 그것이 아까워서 마구 내던지고 싶다.

ㅂ(ㅃ)

버릇

너의 경우는 입술을 깨무는 것. 그때마다 나는 생각한다. '너의 고귀한 입술 대신, 나의 천한 발을 물어주렴.'

병

너를 만나고 지속되고 있는 나의 상태.

(유) 허기

비행운

너를 만난 기억.

ㅅ(ㅆ)

선

어둠 속에서 너의 옆모습을 봤을 때, 나는 죽기 전에 단 하나의 선만 그어야 한다면 저걸 그려내고 싶다고 생각했다.

씨발

극상의 희열과 혼동을 표현하는 말. 보통 무의식중 발화됨.

ㅇ

오르가슴

오늘은 너의 눈을 수놓은 카펫 위에서 몸부림치며 울고 싶구나.

외국인 애인

내게 필요한 것. 가능하면 모든 언어로 너에 대해 얘기하고 싶다. 만약 내가 외국어로 아름답다고 말한다면, 그건 처음으로 너만을 위해 사용될 말이고 그렇기 때문에 그것은 새로우면서 가장 정확한 표현이 될 것이다.

(유) 딸기밭

ㅈ(ㅉ)

자본주의
너와의 만남을 가능하게 했고 불가능하게도 함.
(유) 자비, 절망

자비
네가 나누어주는 것. 돈을 주면 살 수 있다.
방법 1. 40장 이상의 CD를 사서 사인회에 응모한다(당첨 여
부는 불확실하다).
　　　2. 시간이 되면 순서를 기다려 네 앞에 무릎을 꿇는다.
(유) 자본주의, 절망

절망
너와 섹스할 수 없는 것.
(유) 자본주의, 자비

ㅊ

ㅋ

코끼리
장님이 그것을 그리기 위해선 만져봐야 한다. 엉터리 그림이

라 할지라도.

ㅌ

트레 벨('Très belle!')

P가 알려준 표현. 아름다운 것에게 하는 감탄사. 프랑스에서
미국으로 이주한 남자가 운명적인 소녀를 만났을 때 이렇게 말
했다. 이곳에서는 자주 쓰지 않아 아직 살아 있는 말.

ㅍ

파괴하다

너를 볼 때 드는 충동. '죽을 때까지 때리고 싶다' '뼈와 살을
분리해 샅샅이 핥고 싶다'로 표현 가능.

(유) 귀하다

포스터

내 방에는 너의 사진이 담긴 포스터가 붙어 있다. 그것은 내
방의 온도를 1도 정도 올려준다. 나는 거기 입을 맞춘다. 사진
을 찍으면 영혼이 빠져나간다던 옛사람들의 믿음이 맞길 바라
면서.

피그말리온

장인은 최선을 다해 조각을 만들었다. 어느 날 그는 이렇게 아름다운 것을 창조해낸 자신의 손과 사랑에 빠졌다.

ㅎ

허기

근래의 내가 잊어버린 것. 이상하게 너를 볼 때면 그렇다. 사랑에 빠진 여자는 토마토소스가 묻은 칼날을 핥아먹고 실연한 여자는 초콜릿 한 상자를 비우고 나는 둘 중 어디에도 끼지 못한다. 그러나 무척 만족스러움.

(유) 병

탈락한 단어들도 있다. 여기엔 일부만 적어둔다.

ㄷ(ㄸ)

뜨겁다

'뜨겁다'는 곧 사라질 말. 산화하는 불꽃. 너울대는 춤. 하늘을 향해 올라가려는 움직임. 나는 너를 지상에 잡아두고 싶다. 재가 꺼지면 불꽃도 사라진다. 사라지는 것으로 너를 표현할 순 없다.

ㅅ(ㅆ)

싱싱하다

'싱싱하다'는 말은 거짓이다. 그것은 죽어버린 것에 가까운 표현. 혹은 죽기 전의 상태. 갓 딴 오이나 상추, 사과에나 어울리는 말. 목덜미에 송곳니를 박아넣을 때, 칼날이 막 등뼈를 스쳐간 생선을 입에 넣을 때나 어울리는 말.

○

아름답다

정확하나 남용되는 말. 사용을 자제할 것을 권장.

이렇게 나는 애정을 내 방식으로 표현하는 법을 배웠다. 기존의 언어를 재정비하는 이 과정은 어떤 의미에선 실어증 환자의 재활치료처럼 느껴진다. 다시 보아도 여기에 사용된 몇 개의 말은 괴이하기 짝이 없다. 그러나 사랑에 빠진 사람이 아니면 누가 이런 말을 하겠는가? 사랑하기 전과 후의 언어가 같을 리 없다는 걸, 나는 이 과정을 통해 알게 되었다.

*

우리는 기본적으로 N 그룹 모두를 좋아했다. 그러나 배 아파 낳은 자식도 더 사랑하는 자식과 덜 사랑하는 자식이 있는 법이다. 나와 마찬가지로 만옥도 M을 가장 좋아했다. 아니, 좋아한다는 것은 단지 호의의 감정을 표현하는 말에 불과하다. 나는 닭갈비를 좋아한다, 초콜릿을 좋아한다처럼 중요하지도 궁금하지도 않은 것을 표현하는 말에 불과하다. M이 자주 밉고, M을 생각할 때면 고통스럽고, 가끔은 M을 증오하기도 했다는 점에서 우리가 한 것은 M을 향한 사랑이었다. 그러나 내가 그 감정을 숨기고 태연함을 가장한 것과 달리, 만옥은 당당하게 M에 대한 자신의 소유권을 주장했다. 만옥의 소유권 주장은 온라인이나 오프라인을 가리지 않았다. 대기시간, 이 얘기 저 얘기를 하다 가끔 만옥이 발작하듯 역시 M은 내 거! 라고 말할 때 주변 팬들이 던지던 따가운 눈총을 나는 기억한다. 나는 만옥이 그렇게 공개방송을 오래 다녔는데도 어째서 다른 팬 친구가 없는지 알 것 같았다. 대다수의 아이돌 팬들이 유사 연애 감정을 가지고 있어도 이를 억누르고 부끄러워하는 것과 달리 만옥은 당당했고 어떤 의미에선 뻔뻔했다.

만옥은 N 그룹과 걸그룹의 합동무대를 볼 때, 저건 일일 뿐이라며 애써 웃고 있는 다른 팬들의 옆에서 구겨지는 표정을 숨기지 않았다. 만옥은 N 그룹에게 접근힐 수 있는 여지리면 그 상대가 누구건 언제나 경계했다. 활동기가 겹친 걸그룹은 물론이고 코디나 회사 직원도 관찰 대상이 되었다(여기가 만옥의 관찰력이 빛을 발하는 지점이다. 만옥은 몇 개의 백스테이지 영상을 분석해, 유독 M의 화장을 자주 수정해주는 코디네이터의 이름을 알아냈다. 그리고 그녀의 SNS 계정을 염탐한 뒤, 그녀에게 남자친구가 있다는 걸 알아냈으면서도 경계를 늦추지 않았다). 만옥의 질투는 여기서 그치지 않았다. 멤버들의 사진을 찍어 트위터 등에 올리는 팬들은, M이 그들의 렌즈를 자주 봐준다는 것만으로 분노의 대상이 되었다. 심지어 나는 만옥이 M을 토닥이고 있던 멤버 B에게 손 떼, 손 떼, 라고 중얼거리는 소리까지 들었는데 나중에 물어보니 그녀는 그 사실을 전혀 기억하지 못하고 있어 당황했던 적도 있다.

만옥은 진심으로 M과 자기 사이에 인간 의지 이상의 무엇이 작용하고 있다고 믿었다. 만옥에게는 그녀가 자주 인용하는 M과의 운명적 서사가 있었고, 그걸 근거로 만들어진 사랑의 결실에 대한 강한 믿음이 있었다. 그러나 내가 봤을 때 그 근거란, 다른 팬들의 '입덕 계기'에 비해서도 빈약하기 짝이 없었다. 만옥이 주장하는 '운명'이, M이 자기가 처음으로 좋아했던 모 아이돌 그룹의 멤버를 닮았다는 것에 불과했으니 말이다.

만옥은 남들보다 일찍 이성에 눈을 떴다. 그리고 그 순간부터 그녀의 팬으로서의 인생도 시작됐다. 보통 이웃집 친구나, 선생님 따위로 시작하는 것과 달리 만옥이 처음 사랑한 대상은 당시 인기를 끌던 H 그룹의 멤버였다. 만옥은 스케치북에 그 모습을 그리거나 나이 많은 언니들의 틈을 비집고 문방구에서 책받침 따위를 사 모으면서 사랑을 키웠고, 그 애정이 얼마나 컸던지 어린 시절 집에서 찍은 사진을 보면 벽에 희미하게 쓰인 'G 오빠 사랑해요'라는 문장을 찾을 수 있다고 했다. 언제인지 모르게 G에 대한 애정이 시들고, 다른 이에게로 옮기길 반복하면서 이십 년의 시간이 흘렀다. 만옥의 애정은 열 개에 가까운 아이돌 그룹을 지나 이젠 B 그룹에게 정착되어 있었다. 그날도 만옥은 B 그룹의 무대를 보기 위해 텔레비전을 켜고 음악방송을 기다리고 있었다. 그녀는 자신이 오래전 좋아했던 G가 TV에 나와 춤추는 걸 보았다. 오빠의 관절이 여전하다는 것을 확인하며 추억에 잠길 뻔했던 만옥은 어느 순간 무대에 서 있는 게 G가 아니라는 걸 깨달았다. 아니, 그것은 분명 G였는데 그의 얼굴에선 이기지 못한 세월의 흐름이나 무게가 느껴지지 않았다. 그러나 눈앞에서 춤추고 있는 그는, 분명 예전에 만옥이 좋아했던 풋풋하고 사랑스러운 G였다. 만옥은 자기 눈을 의심했다.

만옥은 검색을 통해 그가 N 그룹의 M이라는 걸 알아냈다. 나이는 열아홉 살. 어린 시절 만옥이 좋아했던 그때의 G와 같은 나이였다. 만옥은 M에게서 운명을 느꼈고 그때의 전율을 이렇게 표현했다.

나는 그의 영혼, 내가 사랑했던 열아홉 살의 G의 영혼이 M에게 옮겨간 것이 아닐까 생각을 합니다. 그러지 않고서야 그 근친성을 설명할 도리가 없어요. 외모를 말하는 게 아닙니다. 어떤 순수함의 결정이라는 점에서, 그때의 G와 M은 거의 동일한 존재라고도 할 수 있어요. 그렇지만 M을 향한 나의 사랑을 G의 대리물이라고 보아서는 안 됩니다. 오히려 M이 존재할 거였기에 내가 G를 사랑했다고 보는 것이 옳아요. 나는 이미 M과 사랑할 준비가 되어 있었는데 신의 실수로 그가 세상에 도착하지 않았던 거지요. 그래서 M을 기다리는 동안 잠시 G라는 대리물을 사랑했던 것이고.

만옥은 이 얘기를 자주 반복했는데 그때마다 영혼이니, 운명을 들먹이는 강한 어조에 나는 할말을 잃곤 했다. 아니, 그보다 아무리 생각해도 G와 M 사이의 공통점을 찾을 수 없어서 할말이 없었던 것이기도 했다. 굳이 따지자면 둘은 미남이라는 점에서 비슷했지, 크게 닮은 데가 없었다. 그러나 외모에 대한 판단은 일정 부분 주관적이기에 내가 만옥의 미감에 대해 왈가왈부하기도 어려운 일이었다. 그렇다고 G에 대한 어린 만옥의 애정을 검증하기 위해 그녀가 얘기하는 증거—이를테면 G를 그린 그림을 들고 웃고 있는 사진—따위를 보여달라고 할 수도 없었고 말이다. 나는 그저 웃으며 만옥의 얘기를 넘겨들을 수밖에 없었다. 그러면서도 한편으로는 이런 식의 열렬한 망상력이 만옥의 오랜 팬생활의 원동력이 아닐까 하고 생각했다.

팬들 사이에서 널리 통용되는 말 중 하나가 '빠순이는 유전병 같은 거여서 걸리는 사람들만 걸린다'는 거였다. 발병 시기와 재발 시기는 사람에 따라 다르지만 보통 십대에 시작해 사람에 따라 육십대 이상까지 계속 재발하는 것이 특징이다. 그러므로 만옥과 내가 이십대 중반이라는 건 그간 많은 '오빠'들을 모셔왔음을 암시하는 뜻이기도 했다. 그러나 내가 N 그룹을 처음으로 오프라인으로 나온 것과 달리 만옥은 청소년기에 몇 번, 스무 살이 된 이후로는 꾸준히 (그녀의 주장대로 표현하자면) 'M의 대리물'을 따라다닌, 이 분야의 프로였다.

팬으로 산다는 건 어쩌면 끊임없이 같은 일을 반복한다는 뜻인지도 모른다. 매주 같은 날, 우리는 같은 장소를 같은 시간에 찾아 갔다. 지난주와 무대의상만 바꿔 입은 멤버들이 같은 노래를 불렀다. 아이돌을 초청하는 행사도 정해져 있었다. 팬들은 봄에는 꽃축제, 여름에는 워터파크 특별무대, 가을에는 단풍축제, 겨울에는 스키장 행사에 가며 계절의 변화를 알아챘다. 나는 모든 일이 처음이라 허둥댔지만 이미 여러 차례 그런 행사를 다녀본 만옥은 언제나 익숙하게 행동했다.

만옥은 때론 다른 아이돌과의 만남을 얘기해주기도 했다. 만옥은 그들이 비록 M의 대리물이긴 했으나, 그럼에도 그 순간에는 진짜 사랑이라고 믿었다는 걸 인정했다. 그리고 종종 그때의 경험을 얘기해주곤 했는데 그것이 내게, 만옥의 사랑하는 방식을 이해하게 되는 단초가 됐다. 지방 명산에서 단풍축제가 있던 날, 호남선과 영남선을 구분하지 못해 헤매던 내가 간신히 버스에 올라탄 그날의 얘기도 그중 하나였다.

예전에 나는 이해하지 못했던 것 같아요. 혹은 이해하지 못하도록 교육받았지요. TV를 틀면 방송국 카메라에 잡히던 사람들. 무대 위의 가수를 향해 소리를 지르고, 눈물을 흘리고, 도대체 저 정도로 압도적인 감정은 무엇인지 의문이 들 정도로 온 힘을 쏟아내던 사람들. 심장이 필요하다면 심장을, 창자가 필요하다면 창자를 끄집어내 줄 것처럼 굴던 그 사람들을 보면서 언제나 아버지는 혀를 끌끌 차고, 너는 저렇게 되지 마라, 고 얘기했었죠.

나는 언제나 네, 그러겠습니다, 라고 했고요. 딱히 아버지에게 사랑받고 싶어 그랬던 건 아니에요. 그때의 나는 정말로 아버지가 이해하는 만큼 이해하고, 아버지가 바라보는 만큼만 세상을 바라봤으니까요. 굳이 저멀리까지 찾아가 소리를 지르는 심정이 뭘까, 이해하지 못했던 거죠. TV를 틀면 이렇게 가까이서 볼 수 있는데.

그러나 그렇게 생각하면서 한편으로는 나 또한 이렇게 되리라는 것을 알고 있었는지도 모릅니다. 내가 좋아하는 가수가 나올 때, 저도 모르게 TV 앞으로 달라붙던 나를 아버지가 잡아끌던 생각이 나거든요.

성인이 되고 나서 혼자선 처음으로 어떤 부끄러움이나 두려움을 이기고, 아니, 이겼다기보단 억누르고 내가 좋아하는 가수를 보러 갔을 때가 생각나요. 방송은 아니었고, 쇼핑몰의 홀을 빌려서 한 공개 사인회였죠. 나는 사인회가 시작되기 몇 시간 전, 미리 가서 바지 하나와 야구점퍼 하나를 샀어요. 왜냐면 나에겐 바지가, 가을을 날 수 있는 바지 하나와 추운 날에 입을 야구점퍼 하나가 필요했거든요. 그렇게 쇼핑백을 들고, 일부러 시작시간보다 약간 늦게 사인회가 열리는 홀로 향했어요. 천천히, 평범하게 걸으려고 노력했는데 정신을 차렸을 땐 우스울 정도로 빠르게 뛰고 있더군요. 심장은 쿵쾅대고 한 손에 든 쇼핑백이 번거롭게 느껴졌어요.

머지않아 사인회가 끝나고 멤버들이 마지막 인사를 했어요. 모두 팬들과 헤어지는 것이 아쉽다고 말하면서 손을 흔들어주었지요. 그때 나는 구경하는 일반인인 양 팬들 사이를 빠져나와 있었습니다. 문득 주변에 중고생만 가득하다는 걸 알아차리고는 좀 부끄러워졌던 거지요. 그런데 기적처럼 한 멤버가 나를 알아봐주었고, 모두들 착각이라고 얘기하겠지만, 분명히 나를 향해 손을 흔들어주었어요. 아주 작게, 나만 알아볼 정도로. 그건 겪어보지 않은 사람은 알 수 없는 그런 환희였어요. 내가 그를 알아보고 그가 나를 알아본 그 순간. 그날을 계기로 내가 이렇게 현장을 다니게 된 거지요.

물론 처음부터 순탄한 건 아니었어요. 중고등학교 때, 친구들과 우리 지역 축제를 가거나 잠실에서 열리는 합동 콘서트에 간걸 제외하고 이런 일은 처음이었으니까. 내가 가장 놀란 것은 멤버들을 만나기 위해 기다리는 시간이 너무나, 너무나 길다는 거였어요. 분명 아침에 나와 밤에 들어가는데도 내가 그들과 만나는 건 그들이 무대에 서는 시간과 출퇴근하는 몇 분뿐이었어요. 그걸 제외한 모든 시간이 기다리는 시간이었지요. 나는 처음으로 시간이 정말 느리다는 것과 하루가 무척 길다는 걸 알았고, 시간이 많으면 사람이 고통스러워진다는 걸, 그 시간을 견디기 위해 팬들이 몰려다니고, 웃고, 욕을 한다는 걸 알았어요.

가끔 무엇 때문이라고 할 수 없는 고통이 찾아오기도 했습니다. 나는 두려웠어요. 겁이 나서, 몇 번이고 그들을 따라다니는 일을 그만두려고 했지요. 그러나 기다림을 보상해주는 실재, 몇 번을 보아도 신기하고, 언어로 설명되길 거부하는 그 모습, 그의 그림자나 그의 그림자로 착각한 것까지도 놀랍게 만들어주는 그 실재의 힘을 나는 이미 알아버리고 만 거지요. 현장을 다니게 된 이후로 나는 사는 게 신기하고 재미있어졌어요. 그가 좋아한다고 말한 이후, 나는 거리에 벚꽃나무가 그렇게 많다는 것을, 산들바람이 그렇게 자주 분다는 것을 처음 알았지요.

한번은 데뷔 전에 우리 이웃 도시에 오래 살았던 멤버를 좋아한 적이 있었어요. 내 방 창에선 바로 그 도시가 보였지요. 매일 밤, 나는 습관처럼 창문을 열었어요. 멀리 보이는 불빛이 마치 그가 남기고 간 흔적처럼 생각되었지요. 그 도시와 나는 그를 잃었다는 공통점이 있었고, 그래서 그 도시가 거기에 있다는 게 내겐 무엇보다 위안이 되었지요. M을 사랑하게 된 지금, 그 도시는 내게 더이상 아무 의미도 지니고 있지 않아요. 그럼에도 나는 그 도시를 볼 때면 사랑하는 이의 부재가 외려 삶을 견디게 해주었던 그 순간이 떠오릅니다. 만약 내가 누군가의 팬이 아니었다면 이런 감정은 평생 모르고 살았을 거예요.

*

만옥에겐 운명의 서사가 있고 나에겐 없어서일까. 나 또한 현장의 매력에 흠뻑 빠져 있었지만, 돌이켜보면 사진이나 영상을 통해 본 것이 내겐 팬생활의 가장 큰 원동력이었다. 거리가 멀거나 혹은 볼 수 있는 시간이 짧았기에 눈앞의 실재는 언제나 잔상에 불과했다. 선명하지 않은, 인내심이 없는 이미지였다.

기록을 시작하고 난 뒤 나는 오십 미터 떨어진 거리에서나, 십

미터 떨어진 거리에서나 상관없이 매번 그들을 구체적으로 기술하려 애를 썼다. 그러나 내가 보았다고 믿었던 것—오늘따라 진하고 아름답던 M의 눈화장—이 정말 실재인지, 아니면 사진으로 본 M의 이미지에 기반한 모습인지는 알 턱이 없었다.

지금도 나는 이런 생각을 한다. 사진이 없었으면 내가 M을 사랑할 수 있었을까? 예를 들어 그의 귀. 내가 사랑한 그 귀는 어떤가. M은 정면에서 봤을 때 바로 보이는 귀를 가지고 있었다. 그건 해부학 교본에 나오는 것처럼 완벽한 모양이어서 아름다움을 배우고 싶은 사람이라면 누구나 손에 익도록 따라 그려야 한다고 나는 생각했다. M이 피어싱을 바꿔 끼웠을 때 그건 언제나 눈에 띄었다. 뺐을 때는 갓 쪄낸 떡에 숨구멍을 낸 것처럼 바늘 자국이 보였다. 편육처럼 눌린 납작 귀를 가진 나는 그게 참 신기하고 좋았다. 어떨 때 나는 한참을 그의 연골부만 바라보기도 했다. 알코올 솜으로 닦아낸 듯 깨끗한 연골부. 그 끝은 붉고 언제나 갓 목욕을 하고 나온 아이처럼 윤기가 흘렀다. 나는 그 귀를 사진을 통해 사랑하게 되었다.

그의 팔꿈치는? 이제는 눈을 감고도 그릴 수 있을 것 같은 그의 팔꿈치. 유달리 뾰족한 그 팔꿈치를 핥으면 감미로울 것 같았다. 여름 활동기, 반팔 옷을 입으면 너풀대는 소매 아래로 M의 팔꿈치가 보였다. 천사가 입을 맞춘다면 그 입이 더럽혔다고 할 수 있을 것처럼 깨끗했다. 끓는 물에서 걸어 나온 새끼 양 같던 팔꿈치. 으깬 복숭아 같던, 훔친 장미 같던 그 팔꿈치는 사진이 아니었다면 내가 영영 몰랐을 아름다움이었다.

다시 말해 나의 사랑은 전적으로 기록과 기술에 의존하고 있었다. 내가 멤버들에 대한 애정이 솟구쳐서 잠 못 이뤘던 밤은 왕복 다섯 시간 거리의 지역 축제에서 그들을 봤을 때도, 비가 오던 야외무대에서 세 명의 트로트 가수 뒤에 나오던 그들을 봤을 때도 아니었다. 피시방에 가서 처음으로 4K 화질로 멤버들의 영상을 봤을 때, 나는 그것이 내가 이미 저화질로 봤던 영상임에도 전혀 새로운 것을 본 듯 충격을 받았고, 라식 수술 다음날이 이렇지 않을까 싶은 황홀감에 빠졌다. 나는 M이 나오는 부분을 몇 번이고 반복 재생했고, 화면에 비치는 그 선명한 이미지를 다시 휴대폰으로 찍어 간직했으며, 놀라움을 이기지 못하고 그 사진을 친구들에게 전송했다. 그날 저녁, 사인회에 당첨된 사람처럼 생생한 충격을 묘사한 '실물 후기'를 썼다.

그러나 만옥이 환호한 것은 언제나 실재 그 자체였기에, 여기서 나와 만옥 사이에 건너지 못할 강이 생겼다고 할 수 있다. 가장 좋은 건 가까이서 오래 실물을 보는 것이다. 그러나 현실적으로 그 일이 불가능한 상황에서 내가 점차 스크린으로 눈을 돌렸다면, 만옥은 멤버들이 점만하게 보이더라도 언제나 실재를 택했다. 내가 출석 체크 시간에 늦어 뒷좌석에 앉고 욕을 했던 것과 달리 만옥은 아무리 무대와 거리가 멀어도 멤버들이 인식 가능한 범위 내에 있다는 것만으로도 순수하게 감탄을 했다. 때로 그녀는 깊은숨을 들이쉬며 여기, 마시는 숨 어딘가에 멤버들이 뱉은 숨이 있을 거라고 얘기하곤 했는데, 그 기묘한 순수성은 지금 생각해도 놀랍고 존경스럽기까지 하다. 내가 마지막으로 적을 만옥의 얘기도 이런 맥락에서 잊지 못하는 얘기다.

　고등학교 때, 잠실에서 열리는 아주 큰 콘서트에 간 적이 있어
요. 당시 좋아하던 그룹뿐만 아니라 다른 그룹들도 많이 나와서
모든 팬들의 잔칫날이었지요. 나는 공연 전날 막차를 타고 가서
밤을 새운 뒤 입장을 했어요. 기다리는 동안 이미 몸은 만신창이
가 되었지만, 허기를 때우기 위해 친구가 빵을 사왔을 땐 이상하
게 배가 고프지 않았던 생각이 나요. 잠실. 그 대운동장 삼층 스
탠드석에 입장해서, 아직 공연을 시작하지도 않은 상태에서 이미
팬들끼리 몇 개의 돌림노래를 부르고 지쳐 있을 때. 그제야 간신
히 공연이 시작되고 또 한참이 지나고 나서야 멀리서, 아주 점만
하게, 나의 사랑하는 사람이 나왔는데,
　그 모습을 보고 정말 미칠 것 같은 환희에 휩싸였던 기억이 나
요. 아니, 그것은 기억이 아니라 일종의 감각이었어요. 어린 시절
화상을 입은 사람이 기억에는 없지만 평생 불을 두려워하는 것
같은 그런 감각. 단 한 번 스쳤을 뿐인데 몇천 년을 남아버린 프레
스코화처럼.
　재밌는 것은 내게 그런 충격을 남긴 이미지가 실은 보았다고 할
수도 없는 이미지, 그러니까 누군가가 그들이다, 라고 말하지 않
는다면 안경알에 묻은 먼지나 눈에 낀 이물질이라고 보아도 무방
한 그런 이미지였다는 거예요. 그러나 그걸 보고, 그걸 보고 있다
고 생각하고, 전심전력으로 황홀경에 빠진 나는 운이 좋다면 몇
마리 새만이 독해할 수 있을 말을 저도 모르게 뱉고 있었지요. 빰

이 축축하게 젖고, 현기증 때문에 내 몸이 흔들리고 있다는 것도 모르면서.

공연이 끝난 뒤 결국 나는 기절했어요. 그리고 그뒤로도 이틀을 앓았지만, 그날 내가 본 게 무엇인지 알기 위해선 사진을 찾아봐야 했죠. 그 사진 속 멤버들의 모습은 내 기억과는 조금 달랐는데(멀리서 보니 희게 보이던 의상은 은색에 징이 많이 박힌 옷이더군요), 그렇지만 나는 내가 그때, 멀리서라도 보았던 것이 사진보다 더 정확하다고 생각해요. 아마 내가 사고로 기억을 잃거나, 다음 생에 다시 태어난다고 해도 그 기억만 있다면 나머지 기억들이 자연스럽게 따라올 거라고 믿을 정도로 말입니다.

*

가끔 TV에서 N 그룹을 볼 때가 있다. 예전엔 별 관심 없었던 다른 그룹이 나오는 건 보게 되는 것과 달리, 이상하게 N 그룹이 나오면 금방 채널을 돌리게 된다. 내가 그들에게 감당할 수 없는 언어를—특히 M에게—짊어지게 해서일까. 아니면 그때 그 말로는 차마 담지 못했던 모습이 변했을까봐 두려워서일까. 더이상 멤버들을 생각할 때 애틋하지도, 가슴 저미지도 않지만 그렇다. 그들을, 확인할 자신이 없다.

사랑하는 동안 나는 최선을 다했다. 최선을 다해 사랑하고 괴로워했다. 그랬기에 만옥의 얘기처럼 어떤 말로도 그들을 감당할 수 없다는 걸 알면서도 언어에 그들을 가둔 건지도 모른다. 나는 몇 번이나 그들을 파괴하려고 했다. 그들을 이해 가능한 것으로 만들려고 했고 그것이 실패하는 순간의 감미로움에 취했다. 한마디로 정말 병에 걸린 상태였다고 할 수 있다.

지금은 새삼스레 이런 질문을 던지기도 한다. 대화가 불가능한 인간을 사랑한다는 건 도대체 뭘까? 멤버들과 나 사이에 소통은 없었다. 있는 것은 오로지 나의 일방적인 시선뿐. 그러나 나는 내가 생각하는 그들의 모습이 단 하나의 진실이라고 믿었고, 교환도 환불도 불가능할 정도로 멋대로 주물러버렸다. 그렇게 나는 내가 남긴 지문과 생채기를 생각한다. 미묘한 죄의식과 더불어 그걸 남길 수밖에 없던 나의 무능함에 우울해진다. 누구보다 멤버들에 대해 잘 알고 싶었고 그들에 대해 생각하는 것으로 하루를 보냈는데도 나는 매번 필연적인 실수를 했다. 그러나 그 과정에서 나는—뜻하진 않았지만—중요한 다음 정보를 알게 됐다.

나는 내가 단추가 앞에 달린 캐멀색 미니스커트를 입듯이 만옥도 옆에 어둡은 코르덴 재질의 하늘색 스커트를 입는다는 걸 알았다. 또한 만옥도 나처럼 밝은 갈색의 염색모가 심하게 손상되어 있었으며 과하게 칠한 블러셔 탓에 멀리선 볼밖에 보이지 않는다는 것도 알았다. 나는 만옥을 만날 때마다 굴뚝 청소를 하고도 세수를 하지 않은 우화 속 소년들을 떠올렸다. 양 뺨이 모두 더럽다는 점에서 그 얘기는 우리의 얘기였다. 그럼에도 만옥과 나는 끊임없이 얼굴에 덧칠하는 것을 멈출 수 없었는데, 그건 불균형할지라도 '오빠'와 내가 어떤 관계에 있다고 믿었기 때문이다.

그들은 한순간이나마 우리의 연인이었다. 선팅된 차에 올라타 가버리는 연인, 창문을 열어주지 않는 연인. 그들을 위해 우리는 머리를 빗고 화장을 고쳤다. 그 결과 누가 보면 세게 맞은 것 같은 얼굴을 갖게 되었음에도.

그 외에 나는 대부분의 팬들―공개방송을 가면 늘상 보는 그 얼굴들―이 비슷하다는 걸 알았다. 사람들에겐 제각각 특징이 있지만 그곳에 모인 이들은 모두 가장 아름다운 여인을 연기하고 있었다. 그들이 모여 있을 때면 눈에 보이지 않는 꽃가루가, 분홍색 연기가 피어났다. 나는 천덕꾸러기 곡예사가 분장 아래 숨기고 있는 것처럼 그녀들의 눈에 고인 기묘한 희망을 보았다.

그런 한편 언제나 무리지어 다니는 소녀들은 계절이 두 번 바뀌는 것도 개의치 않은 채 짧은 반바지를 입고 긴 양말에 운동화를 신는다는 것을 알았다. 백 명이 모이면 한두 명은 백금발 머리에 철 지난 펑크룩을 입는다는 걸 알았고, 이것이 단순한 의복의 문제가 아닌 시간을 초월한 반복의 문제라는 걸 알았다.

계속되는 반복 속에서 우리는 굶주린 자가 음식 이름을 외는 것처럼 사랑에 대해 얘기를 나눴다. 기다리다가 기다림 자체를 사랑하게 된 사람들처럼 지치지 않았다. 그 속에서 나는 안온함을 느꼈다.

그 안온함을 뒤로한 채, 어느 순간 나의 사랑은 끝이 났다. 다른 모든 사랑처럼 이 사랑에도 갈무리의 시간이 온 것이다. 팬들에겐 사랑에 빠진 순간을 기억하고, 그것을 포장하는 재능이 있다. 흔히 사고로 비유되는 그 순간은 팬들이 즐겨 하는 대화 주제

중 하나고, 나도 그 얘기를 듣는 걸 좋아했다. 그러나 나는 사랑에 빠진 순간을 기억하지 못했다. 나에게 그 일은 시신경의 뿌리를 더듬는 것처럼 불가능했다. 대신 나는 다른 사람들이 기억하지 못하는—또는 말하길 꺼려하는 마지막 순간에 대한 기억을 갖게 됐다. 그러나 그것은 사랑에 빠진 순간처럼 유쾌하지도 않고, 아무 일도 일어나지 않은 날의 기억이라는 점에서 말할 수 없는 이야기였다. 그럼에도 기록을 남겨보자면 그것은 만옥과 만난 마지막 밤의 일이었다.

그날은 10월 말답지 않게 높은 기온이 이어지다가 갑자기 추워진 하루였다. 여느 때와 같이 우리는 퇴근하는 멤버들을 보기 위해 방송국의 불이 다 꺼질 때까지—도대체 무슨 일이 있어 안 나오는 건가 싶게—오랜 시간을 기다렸다. 출차 신호가 울릴 때마다 대형차가 빠져나갈 때마다 긴장을 하며 교복 입은 사람들이 아쉬운 듯 돌아서는 것을 바라보다가, 뒤늦게 우리도 발걸음을 돌렸다.

돌아오는 길, 이미 시간은 자정에 가까웠다. 텅 빈 사거리에서 나는 가짜 눈을 뿌리며 달려가는 차를 보았고 영화 촬영중이라는 걸 알았다. 흰 조명을 밝히며, 몇몇의 스태프를 태우고 눈을 뿌리는 그 차가 어딘지 비현실적으로 보였다. 문득 내가 있어야 할 곳보다 훨씬 먼 곳에 와버린 것 같다는 생각이 들었다. 가슴이 울렁거려서 나는 그 차를 따라 달렸다. 가만히 서 있는 만옥을 뒤로한 채 "영화다! 영화다!"라고 소리쳤다.

무척 추워서 손끝이 굳을 정도의 날씨였다. 얼마 뒤면 진짜 눈이 내릴 터였다. 도로변엔 우리처럼 길 잃은 사람들을 태우려는 몇 대의 택시가 있었다. 모두 실내등을 끄고 있어 죽은 것처럼 보였다. 나는 길가에 늘어선 아파트를 보다가 저중 어느 하나라도 내 집이길 간절하게 바라지 않는 나를 발견했다. 이상하게도 그 순간, 내게 필요한 건 아무것도 없었다. 상가에선 아이스크림가게 하나가 푸른색과 분홍색의 실내를 창백하게 밝히고 있었다.

그걸 마지막으로 나는 N 그룹을 보러 가는 일을 그만두었다. 어째서 그랬는지는 설명할 수 없다. 나는 만옥에게 뭐라고 말을 해야 하나 고민했지만 그날 이후 만옥에게선 더이상 연락이 오지 않았다. 그녀는 이 세계의 프로였으므로, 어쩌면 나보다 내 마음의 변화를 잘 알아챘는지도 모른다.

지금도 나는 생각한다. 어째서 나는 사랑하길 포기한 걸까. 기다림에 지쳐서? 아니다. 나는 기다림이 좋았다. 사랑한다는 것은 곧 기다림이었으므로 그것은 언제나 달콤했다. 아니, 그렇게 말하는 것은 거짓이다. 나는 그들을 알게 된 이후 매 순간이 기다림이었던 것을 기억한다. 문장을 쓰며 그 순간을 간신히 버티던 것을 기억한다. 그렇다면 나는 고통 때문에 사랑하는 것을 포기했던 걸까? 그러나 그렇게 말할 수도 없었다. 나는 고통이 좋았고, 어떤 면에선 그것을 자발적으로 원한 사람이었다. 불확실한 고통이 아무것도 아닌 시간보다 낫다는 걸 나는 알고 있었다.

내가 사랑을 포기한 것은 그날 거대한 신도시의 건물 사이를 돌다가, 막차를 놓칠까 반쯤 뛰다가, 명목상 심어둔 것처럼 드문 드문 떨어져 서 있던 가로등 아래에서 흩날리는 가짜 눈을 맞았기 때문이다. 그때 코트 자락을 너무 세게 털어서, 무언가 같이 떨어져나갔기 때문이다.

가끔 이런 생각을 할 때도 있다. 그때, 우리가 함께했던 시간을 만옥은 기억할까? 그렇다면 그 순간은 만옥의 몸 어디에 자리잡고 있는 걸까. TV를 보다보면, 문득 사랑했던 어떤 얼굴보다 만옥을 찾는 나를 발견할 때가 있다. 기억 속의 만옥은 언제나 기다리는 사람. 다리는 붓고, 긴장으로 인해 두려워하는 것처럼 보이는 사람. 참지 못하고 아스팔트 바닥에 주저앉은 뒤, 금세 냉기 때문에 일어나는 사람. 나는 어제 만났던 것처럼 그 모습을 떠올릴 수 있다. 그렇지만 이상하게 얼굴만은 기억하지 못한다. 나와 닮았던 그녀의 상한 염색 머리와 붉은 볼만 떠오를 뿐, 그렇게 자주 보던 얼굴은 불에 타 엉겨붙은 것처럼 흐릿하다. 한참 머릿속을 헤집다, 나는 만옥을 떠올리길 그만둔다. 생각하면 생각할수록 그녀가 낯선 사람처럼 느껴진다.

그 시절 내가 자주 인용한 것은 롤랑 바르트의 문장이었다. 퇴근길, 추운 저녁. 기약 없는 기다림을 할 때면 나는 농담처럼 이 말을 만옥에게 던지곤 했다. '나는 사랑하고 있는 걸까?─그래, 기다리고 있으니까.'[2]

그때 기다리고 있던 것이 무엇이었는지 기억나지 않는다. 사랑하지 않게 된 지금, 무엇을 기다리고 있었는지 알 수 없다.

2부

때론 어린 시절을 생각한다. 좋은 건 모두 그때 있는 듯하다. 부유했던 것은 아니지만 아름다운 일이 많았다. 예를 들면 이런 것. 동화 속 음식을 상상하는 것만으로 그걸 가졌다고 믿었던 일. 에클레어, 타르트, 카나페 같은 이상한 이름의 음식. '얇은 시트지 사이 겹겹이 크림을 바른 디저트'라는 설명을 꼭 절반만 이해한 채 반복해서 읽었다. 그것만으로 행복했다.

몇몇 책에는 삽화가 실려 있어 나는 그걸 따라 그리기도 했다. 그중 내가 가장 또렷하게 기억하는 건 다음과 같다. 반달 모양의 크리스털 접시에 담겨 나오는 디저트. 반으로 가른 바나나 위에 아이스크림 세 덩이와 휘핑크림, 체리를 순서대로 얹은 뒤 녹인 초콜릿을 뿌려내는 디저트. 초콜릿 대신 분홍색, 초록색, 파란색의 설탕가루를 뿌려도 좋고 딸기시럽을 듬뿍 얹어도 좋다. 둘 다 뿌려 시간이 지날수록 그릇이 엉망진창이 되어도 좋다.

두번째로 좋았던 건 단연 시리얼에 딸기를 넣어 먹는 것이었다. 우리집엔『여러 가지 과일』이라는 책이 있었고, 그 책의 뒷부분에는 '딸기 먹는 법'이란 제목 아래 다양한 요리가 소개되어 있었다. 두 명의 어린이가 웃고 있는 사진 속엔 우유크림을 바른 딸기케이크나 웨이퍼로 장식한 딸기파르페도 있었지만, 그중 내 눈을 사로잡은 건 딸기를 넣은 시리얼이었다. TV 광고에도 자주 나오던 음식. 가장 단순한 그 음식을 어쩐지 참을 수가 없었다.

엄마를 졸라 시장에서 딸기를 사왔다. 국그릇에 시리얼과 우유를 붓고 딸기를 빠뜨렸다. 광고에서처럼 우유 방울이 튀었다. 그러나 수저를 입안에 넣은 순간, 나는 이것이 가짜라는 걸 알았다. 딸기는 셨고 달지 않았다. 물렀고 아름답지 않았다. 그러나 나는 아 맛있다, 하며 나를 속이고 엄마를 속였다. 여전히 그 신맛이 떠오르는 걸 보면 혀는 속이지 못한 것 같지만.

그런 일이 있고 나서도 나는 꽤 오랫동안 시행착오를 반복했다. 크림치즈를 샀다가 냉동고에 꽁꽁 얼린 뒤 버리기도 했고, 수제비 반죽을 떼어내어 그릴에 굽기도 했다. 그것은 표면에 나의 유치 자국을 남긴 채 휴지통에 버려졌다. 굳이 이런 것 때문은 아니더라도 나는 점점 환상이나 꿈을 믿지 않게 되었다. 책 속에서나 보던 몽블랑을 먹고 하프갤런 사이즈로 에메랄드색의 아이스크림을 살 수 있는 나이가 되었지만 그랬다. 그것들은 모두 내가 어린 시절 보던 것과는 달랐다. 전단지에서 하와이안피자 맛이 느껴지지 않는 것과 같은 이치였다.

그러던 어느 날. 나는 그 모든 끈적임과 달콤함과 조금씩 썩어가는 냄새를 풍기는 진짜 과거와 마주치게 되었다. 이십 년이라는 시간을 지나 이곳에 도착한 너로 인해.

모든 만남이 그렇듯 시작은 우연이었지만 끝내는 운명이 된 한 순간이었다. 나는 음악방송을 보며 한 그룹이 나오길 기다리고 있었다. 하루가 다르게 애정이 식어가는, 딱 그 정도로 좋아하던 그룹이었다. 다른 일을 하며 간간이 출연 순서를 확인하고 있는데, 어느 순간 어릴 때 좋아했던 그가 나오는 걸 봤다. 금색이나 은색 크레파스로만 적던 이름이었다. 이상한 건 그가 세월에 바랜 모습이 아닌, 내가 사랑했던 소년의 모습 그대로였다는 거다. 나는 눈을 비비고 텔레비전 앞에 가까이 앉았다.

화면 속 소년은 닮은 듯했지만 그가 아니었다. 아니, 누구인지 알 수 없었다. 카메라가 소년의 얼굴을 잡을 때마다, 나는 그 눈꼬리에 맺힌 달콤한 꿀을 볼 수가 있었다. 소년이 눈을 깜빡일 때마다 말려올라간 속눈썹이 제멋대로 엉키고, 짙은 쌍꺼풀이 나비처럼 움직이는 걸 볼 수 있었다. 깊은 눈동자는 부드러운 갈색이었는데 나는 그 속에서 우유에 떨어진 푸른 잉크처럼 풀어진 홍채를 볼 수 있었다. 콧날은 상아를 깎은 듯했고 입술은 물고기의 내장처럼 연약해 보였다. 숨이 차는지, 반쯤 열린 입안으로 자리잡은 치아가 무덤가의 돌처럼 희었다.

내가 사랑에 빠진 순간은 무대를 마친 소년이 잠깐 웃음을 지은 순간이었다. 콧등의 주름이, 날카로운 송곳니가 내 안을 찌르고 들어왔다. 그러나 무엇보다 나를 매혹시킨 건 소년의 눈주름이었다. 웃을 때 눈가 양옆에 세 개씩 잡히는 눈주름. 그것이 그를 순식간에 노인으로 만들었다가 다시 소년으로 되돌려두었다. 그는 한순간 시간의 정원을 건너 이곳으로 도착한 존재. 드러난 발목이, 접어 올린 청바지가 축축하게 젖어 있는 것을 나는 느낄 수 있었다. 나는 리모컨을 잡고 텔레비전 앞에 앉아 있을 뿐이었다. 그러나 나의 영혼은 이미 소년에게 끌려가고 있었다. 짙은 안개 속에서, 그가 떠난 것도 알지 못한 채 구근초와 백골 사이에서 헤매고 있었다. 두 발을 조금씩 잃어버리고 있었다.

정신이 들자마자 나는 휴대폰을 들어 그의 이름을 찾았다. 감당할 수 없는 곳에 발을 디뎠다.

*

그의 이름은 M.

지금도 활동하고 있으니까 실명을 적어서는 안 되겠지. M이 들어간 멋진 이름을 생각해보자.

......

어떤 것도 생각나지 않는다. M이 들어간 이름이라면 수없이 적을 수 있겠지만 그 어느 것도 그의 이름에 미치지 못한다. 성공한 거짓말은 1퍼센트의 진실과 99퍼센트의 거짓으로 이루어져 있다고 한다. 그렇다면 내가 선택할 진실은 단 하나. 그의 이름이다. 이것이 그를 해칠까 겁이 난다. 그렇지만 그 이름을 부르지 않고는 어떤 말도 시작할 수 없다.

단 한 가지 안심되는 것은 그와 같은 이름을 가진 다른 사람이 많기에 의심을 피할 수 있다는 거다. 그러나 세상에서 아름다운 것은 오직 그뿐이라, 알아볼 수 있는 사람은 이 글의 주인을 알아볼 수 있을 터였다. 그러나 상관없다. 문장 속에 숨은 진실을 알아볼 사람은 단둘뿐이니까. 이것은 오직 그와 나의 암호문. 수많은 오독에 뒤덮인 채 그가 깊은 잠 속으로 빠져든다. 내가 만든 유리관 안에서 영원을 기약한다.

그 이름에선 아름다움이 저도 모르게 배어나온다. 녹은 보석이나 어린아이의 가제수건, 물러터진 열대과일처럼 아름다움이 흠뻑 배어나온다. 그 이름을 부를 때면 반쯤 젖은 빵을 삼키는 것처럼 목이 멘다. 미끄러지는 이름이 달콤하고 고통스럽다. 어떤 사람은 그 이름을 별, 혹은 필라멘트 전구의 발명 같은 이름이라고 한다. 함부로 손을 댔다간 화상을 입을지도 모른다고 한다. 나는 그 이름을 모래사막의 지친 여행자에 비유한 것도 본 적이 있다. 처음엔 그 비유가 별로라고 생각했는데, 잠든 여행자를 거대한 사자가 지켜보는 그림을 보고 나서 생각을 바꿨다. 별들도 정지한 밤, 여행자의 고동 소리에 귀기울이는 사자처럼 나도 그의 이름에 귀기울이고 있었으므로. 그 외에도 그의 이름에 관해선 한숨날 정도로 많은 비유가 있다. 그중 내가 가장 좋아하는 문구는 다음과 같다. 나는 아주 오래된 문헌에서 이 구절을 발견했는데, 읽자마자 이것이 그의 얘기라는 걸 알 수 있었다.

네 이름이 쏟은 향기름 같으므로 처녀들이 너를 사랑하는구나.[3]

눈을 감고 그 이름을 불러본다. 첫 음절에 피가 돌고 두번째 음절, 입속에 맑은 침이 고인다. 나는 달콤한 그것을 여러 번에 나눠 삼킨다. 제가 모은 꿀에 익사한 벌처럼 황홀해진다. 그 이름을 반복해서 부른다. 비어져나오는 그 이름을 쓸어담을 때면 환희로 양손이 젖는 것을 느낄 수 있다. 눈알이 팽글팽글 돌고 내장에선 김이 무럭무럭 오른다. 심장이 바쁘게 뛰고 연골이 흐물흐물 녹아내린다. 나는 어린 짐승처럼 그 이름에 덮인다. 그가 나를 핥아주길 기다리며 똑바로 서 있는 법을 잊는다.

그 이름은 갓 쪄낸 떡, 달콤한 뼈, 포도주에 젖은 발, 끓는 기름.

그 이름은 깨진 유리잔, 반쯤 닳은 석고상, 진흙을 토한 조개껍데기.

아. 창살에 꿰인 열대어, 가짜 진주, 불타는 눈동자, 손금을 따라 흐르는 피. 그리고

그의 이름은 민규.

옥돌 珉 자에 별 이름 奎 자를 쓰는 珉奎.

처음 듣는 순간 나는 구슬 같은 이름이구나, 했다.

아가트와 프레가트의 각운처럼 멋진 이름이구나,[4] 했다.

우리는 여러 가지 방식으로 민규를 불렀다. '나의 천사'나 '내 사랑' 유의 고전적인 애칭으로 불렀다는 뜻이 아니다. 그저 민규, 라고 불렀는데 그것이 여러 가지 이름이 되었다고 보는 것이 옳

왔다. 우리는 대개 그를 밍구로, 입술을 비죽 내밀고 싶을 때는 밍규, 친밀하게 부르고 싶을 때는 민구(촌스럽지만 우직하고 사랑스럽다), 작은 카나리아처럼 부르고 싶을 때는 밍꾸라고 했다. 나는 대부분을 민규, 라고 정직하게 발음했으나(그 이름은 그 자체로 완벽하다) 때로는 키스를 덧붙여 민규우, 목을 조르는 것처럼 밍꾸욱이라고 부르기도 했다. 어떤 사람들은 그를 이렇게도 불렀다. 민큐. 멀리서 보면 '큐'의 으와 쌍기역이 맞닿아 '규'처럼 보이는 것에서 착안한 이 이름을 사람들은 발음 그대로 민큐, 이라고 불렀다. 큐, 혀가 말리는 그 글자를 볼 때마다 나는 죽음을 생각했다. 죽음은 거대한 반지를 끼고 있고 그걸로 사람들의 심장을 내리친다. 그걸 좋다고 할 순 없겠지만 어쩐지 감미로운 기분. 민큐, 이라고 할 때마다 나는 호두씨가 걸려 기도가 죄이는 느낌을 받는다. 숨이 막힌다. 그러나 이것은 우리끼리의 얘기고,

실제로 만났을 때 사람들이 가장 자주 부르는 이름은 밍그아아악, 이다.

밍그아아악.

포인트는 절벽에서처럼 간절하게 외치는 것.

미음과 기역보다 간절함을 담아 부르는 것.

그 외에도 음조와 어조, 구강 구조에 따라 많은 이름이 있다. 헤아리자면 한숨이 날 정도로 많지만 모두 마음에서 우러나는 소리, 저도 모르게 나오는 소리, 심장 소리, 부서진 모과 소리, 달리는 말발굽 소리, 쏟아지는 빗줄기 소리, 귀족의 잘린 목처럼 붉은

소리, 전생에 외쳐봤을 소리, 다시 말해 아무 뜻도 없는 비명이라는 점에서 같은 이름이라고 볼 수 있다.

뭐라고 불러도 구슬 같은 민규는 우리를 향해 웃어준다.

백치같이 흰 이를 드러내며

으아아악

갸아아악

엄마아악! 하는 소리에도 웃어준다.

나는 그 미소가 좋다.

정말 좋아서

열 번 중 열 번은 죽어도 좋다고 생각한다.

*

내가 민규와 사랑에 빠진 사실을 고백하자 그가 물었다.

몇 살인데.

열아홉.

미쳤구나.

나는 기분이 상해서 대답하지 않았다. 그에게 이 사랑을 이해받길 원해서가 아니라 누구나 욕을 들으면 기분이 상하기 때문이다. 그가 미쳤다고 한 건 내가 민규보다 여섯 살 많기 때문이다. 아니, 그것이 아닌가?

정정하겠다.

그가 미쳤다고 한 이유는 민규가 미성년자이기 때문이다.

아니 그것도 아니다.

그가 미쳤다고 한 이유는 민규가 아이돌이라서, 내가 미성년자 아이돌을 사랑한다고 말해서다. 그게 미친 이유가 될 수 있다는 것이 나는 좀 웃기다고 생각한다.

내가 민규를 사랑하는 이유는 민규가 미성년자여서가 아니라 민규가 민규이기 때문이다. 내가 그보다 나이가 많거나 그가 나보다 나이가 어리거나 그런 것은 문제되지 않는다. 내가 아홉 살이거나 아흔 살이거나 민규는 그저 사랑스러운 민규일 뿐이다. 거기서 시간을 따지는 것은 무의미하다. 호칭도 상관없다. 나는 민규가 원한다면 언제나 그를 오빠라고 부를 수 있다. 그런 얘기를 해도 양심에 찔리지 않는다. 그러나 사람들은 내 나이와 민규의 나이를 걸고넘어진다. 인간이라면 누구나 아름다움에 끌린다는 것을 알면서도, 단지 나이 때문에 나를 괴벽한 사람으로 본다.

그가 달걀을 가르다 말고 젓가락을 내려놓았다. 나를 가르치려 드는 저 표정을 나는 잘 알고 있다. 나도 젓가락을 내려놓았다.

저것부터 떼고 말하지그래.

벽에는 이전에 좋아했던 아이돌 그룹의 포스터가 붙어 있다. 스모키 메이크업에 징 박힌 가죽재킷을 입고 있는 사진. 이 집에서 유일하게 시간을 거스르고 있는 것. 그가 굳이 말하지 않아도 나는 저 사진을 별로 좋아하지 않는다. 그저 관성으로 붙여두고 있었을 뿐이다. 내가 답을 하지 않자 그가 다시 말을 꺼냈다.

넌 아주 사랑이 넘치는구나. 두 달 전까지만 해도 멸치 같은 놈한테 목숨 걸더니. 이제는 미성년자니?

그가 나에게 그런 식으로 말해서 나는 좀 웃음이 났다. 나는 이런 매뉴얼을 만드는 걸 상상한다.

첫째, 누군가에게 충고할 때 사람은 자기 자신부터 돌아봐야 한다.

둘째, 그보다 아예 충고하지 않는 편이 낫다.

나는 참지 못하고 말했다.

닥쳐. 네가 하는 건 고귀한 사랑이고 내가 하는 건 노망난 짓이냐?

노망난 짓이라고는 안 했는데. 그냥. 지겹지 않냐 이거지.

그가 발톱을 숨긴다. 그러나 여전히 불만이 있는 표정을 감추지 못한다. 사랑에 빠지는 게 뭐가 지겨운 일인지 나는 생각한다. 지겹지 않다. 근래에 들어 나는 가능한 최대치의 행복을 누리고 있다. 대꾸를 하지 않은 채 앉아 있는 그를 두고 집을 나섰다. 오늘은 사전녹화가 있는 날. 발걸음이 가볍다.

*

가을이 좋다. 여름이나 겨울과는 달리 가을엔 밖에서 기다려도 춥지도, 덥지도 않아 좋다. 여름볕에 오래 앉아 있으면 직사광선이 머리를 뚫고 들어온다. 대뇌피질이 끓어오르고 누군가 벌레를 손톱으로 눌러 죽이는 것처럼 정수리가 아프다. 익숙해지지 않는 땀냄새가 곤혹스럽다. 여름의 기다림이 부패하는 죽음이라면 겨울의 기다림은 건조한 죽음이다. 겨울의 기다림은 고통에서 시작해 잠깐의 심정지로 이어진다. 방광을 깨끗이 비운 채 우리는 다음 생을 희망하며 얼어간다. 다음 생엔 민규의 엄마로 태어나길 (카메라 없이 〈올가미〉를 찍게 되겠지), 사촌으로 태어나길(일본 귀화를 강력히 원하게 될 것이다), 스타일리스트, 여자친구, 민규의 무엇으로라도 태어날 수 있길 바라면서.

공원 스피커에서 익숙한 피아노 연주곡이 울려퍼졌다. 오늘 행사는 코스모스축제. 위성도시의 거대한 공원에서 매년 열리는 행사다. 이전에도 몇 번 와본 적이 있지만, 그중 오늘이 가장 날씨가 좋고 가장 가을답다. 가장 기분이 좋다.

m은 신문지를, 나는 가져온 플라스틱 방석을 깔고 앉았다. m은 한 학기를 남기고 휴학중인 대학생으로 지난번 사전녹화에서 만난 뒤 친해졌다. 그룹 전체를 좋아하지만 나처럼 특히 민규를 좋아한다. m과 말을 튼 날. 나는 하는 일이 뭐예요, 묻는 질문에 대학생이라고 대답했다. 속이려던 건 아니었고 얼결에 그랬다. m은 신이 나서 이미 취직한 동기들과 좋은 스펙의 후배들에 대해 얘기했으며 그에 비해 자기는 해둔 것이 얼마나 없는지, 시간이 어떻게 갔는지 모르겠다며 한탄을 했다. 거기에 내가 맞아요. 점점 먹고살기 힘들어지는 것 같아요, 라고 대답하자 만족한 듯 공모자의 미소를 지었다. m이 말했다.

진짜. 나도 먹고살 준비 해야 하는데. 근데 지금이 아니면 십대의 민규를 볼 수 없잖아요. 십대의 마지막. 이제 네 달만 지나면 스무 살이 되니까. 스무 살은…… 어떤 장벽을 넘은 나이 같아요. 뭔가 그 시점을 넘고부터 때가 타는 느낌? 저는 열아홉이 좋아요. 정말 제일 아름다워. 나도 그 나이를 지나왔고, 그 나이에 대해서 잘 알고 있는데도 그래요. 피부는 더럽고, 생각은 많고 몸은 무겁고. 우울해서 움직이기 싫고, 안 움직이니까 우울해지고. 그때만큼 볼품없는 때가 없다는 걸 알고 있는데도 민규를 보면, 아, 쟤는 정말 찬란한 순간을 통과하고 있구나. 너무 찬란해서 저 스스로는 눈멀어 보지 못하는 순간을 지나고 있구나, 그런 생각을 하게 돼요. 혹시 『롤리타』 읽어보셨어요?

『롤리타』요?

나는 그 책이 변태성욕에 대한 거라는 것밖에 모른다.

네, 『롤리타』요. 저는 그 책 엄청 싫어하거든요. 변태 같잖아요. 늙은 남자가 갈 곳 없는 어린 여자애 꼬시는 내용. 어우, 혐오스러워. 그런데 이번에 다시 그 책을 읽는데, 어떤 문장이, 진짜, 기분 나쁘게 확 와 닿는 거예요. 주인공 남자가 공원에서 뛰어노는 어린애들한테 하는 말이요. 너무 마음에 들어서 따로 적어뒀는데 들어보실래요?

m이 내가 대답하기도 전에 휴대폰을 들어 문장을 읽었다.

'아, 사춘기의 공원, 이끼 낀 나의 정원에 나를 그냥 내버려두라. 그들이 영원히 내 곁에서 뛰놀게 하라. 영영 자라지 말고.'[5] 어때요. 대단하죠?

그러게요.

또 있어요. 이건 주인공이 롤리타를 처음으로 만나는 장면에 나오는 말이에요. 주인공이 프랑스에서 넘어와 미국에서 살 집을 구하려고 하는데, 중간에 일이 꼬여 롤리타네로 가게 돼요. 주인집 여자는 못생기고 집은 형편없어서, 남자는 속으로 호텔에서 묵을 생각을 하면서 여자의 안내에 따라 집을 돌아요. 그런데 여자가 딸이 누워 있는 정원의 문을 열고 말하는 거죠. '저애가 우리 로예요. 이건 제가 키운 백합이고요.' 그때 남자가 하는 말이 뭔지 아세요?

뭔데요?

'네, 그렇군요. 예뻐요, 예뻐, 정말 예뻐요!'

민규랑 어울리네요.

네, 민규를 보면 그런 생각이 들어요. 아, 아름다워! 정말 아름다워! 그래서 지금 멈춰버렸으면 좋겠다, 그런 생각이요.

행사는 저녁 일곱시에 시작이고, 시간은 막 네시를 넘기고 있었다. 신문지를 깔고 앉은 사람들 중 일부는 서로 기대 눈을 감고 있었고, 몇몇은 일어나 저린 다리를 풀고 있었다. 거대한 렌즈를 이리저리 돌리는 사람을 바라보다, 앞사람이 뒤집어둔 플래카드에 적힌 이름을 훔쳐보려 애쓰다가, 문득 나는 m과 네 시간이나 얘기했다는 걸 깨닫고 놀랐다. 이렇게 누군가와 길게 얘기한 건 오랜만이었다. 대화하는 동안 지겹지 않았던 일은, 물꼬가 터진 듯 말을 쏟아내는 일은 더욱 그랬다. 어쩌면 m도 나와 함께 있지 않을 땐 묵언수행하듯 입을 다물고 있지 않을까. 민규에 대해 얘기할 때를 제외하면. 그런 생각을 하자 m과 내가 사이좋은 처첩처럼 느껴졌다.

만옥씨.

네?

김밥 남은 거 좀 드실래요?

아, 괜찮아요. 배 별로 안 고픈데.

그러자 m은 미간을 찌푸리며 짐짓 애원하듯 말했다.

소고기김밥인데.

m의 저 표정에 이상하게도 나는 약하다. 실은 내심 그녀가 한 번 더 물어봐주기를 원하고 있었는지도 모른다.

그럼 하나만 먹을까요?

마지못한 것처럼 손을 뻗는 나에게 키키, m이 보조개를 쑥 집어넣고 웃으며 김밥을 내밀었다. 예쁜 얼굴이라곤 할 수 없지만 웃을 때면 들어가는 인디언 보조개가 귀염성 있다.

아, 여기서 기다리니까 소풍 온 기분이다. 민규도 보고 단풍도 보고 일석이조네.

소고기김밥을 씹으며 m이 말했다. 그러게요. 나도 덩달아 맞장구를 쳤다. 우적우적. 단무지 씹는 소리가 귓가에 크게 울렸다. 잠깐의 침묵도 아늑하고, 안온하다. 부정교합 때문인지 씹는 속도가 초식동물처럼 느렸다.

공원엔 산책 나온 사람들이 많았다. 한 중년 여자가 페키니즈 다섯 마리를 끌고 나왔는데 그 모습이 꼭 희고 거대한 먼지떨이에 끌려가는 것처럼 보였다. 그중 한 마리가 m에게 이를 드러냈다. 무서웠고, 입술이라고 할 만한 부분이 검어서 무척 놀랐는데,

m이 어머, 귀엽다. 김밥 먹을래? 라고 하는 바람에 웃음을 터뜨렸다. 배가 아픈 원숭이처럼 웃었다. 그러나 m은 진지하게 김밥을 흔들었다. 헹가래치듯 리듬을 타며 개들과 눈을 맞췄다. 그러자 다섯 마리가 모두 미친듯이 짖었다. 사람들이 다 돌아볼 정도로 크게. 그러나 m은 태연하게 싫으면 말고, 라고 말한 뒤 김밥을 쏙 자기 입에 넣었다.

그때 스태프가 입장을 시작할 예정이니 네 줄로 서달라고 소리를 쳤다. 우리는 빠른 속도로 일어났다. 무릎에 얹었던 카디건을 밟고, 김밥이 담긴 종이상자를 엎으면서 허둥지둥 일어났다. 예기하던 순간에도 언제나 당황하게 되는 것을 이상하다고 느끼면서. 일어나보니 개들은 사라지고 자리엔 오줌 자국만 검게 남아 있었다. 나는 알맹이를 떨어뜨리지 않고 김밥을 흔든 m의 솜씨에 감탄했다.

*

오늘의 행사는 성공적이었다. 앞 순서로 나온 주부 합창단의 무대가 끝나자 어르신 몇이 자리를 비웠다. m과 나는 의자를 타넘어 비어 있는 앞자리로 이동했다. 평소엔 누군가 남긴 미지근한 온기가 달갑지 않았지만 오늘은 달랐다. 그만큼 마음이 더 달아올랐다.

사회자의 소개로 멤버들이 무대 위로 올라왔다. 오늘의 의상은 내가 좋아하는 푸른색. 피부가 검은데도 너는 푸른색이 잘 받는다. 가을 단풍과 노을을 배경으로 서 있는 그 모습이 눈물날 정도로 아름다웠다. 나는 눈꺼풀을 셔터처럼 내리덮으며 이 순간을 잊지 않겠다고 다짐했다.

보통 행사 때는 세 곡을 부르는데, 오늘은 수록곡 하나를 추가로 했다. 무대에서는 처음 공개하는 곡이라는 A의 멘트와 함께 도입부가 시작됐을 때, 나는 잠시 귀가 먹먹해져 아무것도 듣지 못했다. 깨달음은 조금 늦게 찾아왔고 후렴이 시작되고 나서야 나는 기쁨을 참지 못하고 환호했다.

밍구야아
우워워워.

네가 살짝 미소지었다. 멀리 있었지만 봉긋이 솟는 광대뼈를, 하얀 이를 나는 볼 수 있었다. 그것이 나를 향한 인사였다는 걸 알 수 있었다.

좋은 일이 있을 땐 뇌 속에서 폭죽이 터지는 느낌이 든다. 그럴 때면 불똥에 화상이라도 입을까 겁내는 사람처럼 엄청난 속도로 달리고 싶어진다. 만화 속에 나오는 사람처럼 m과 나는 두 발을 마구 굴렀다. 죽음으로부터 멀어지려는 듯 힘껏 달렸다. 공원은 아주 넓고 호수는 잔잔하고 아름다워서 달리기에 무척 좋다. 우리는 양손을 번쩍 들고 외쳤다.

악, 씨발, 정말.

씨발.

죽어도 좋다, 씨발.

씨발!

버스를 탄 뒤에도 우리는 흥분을 감출 수 없었다. m은 더이상은 못 참겠어요, 라고 말한 뒤 친구들에게 오늘의 민규에 대한 예찬을 담은 메시지를 보내고(아마 답장은 도착하지 않을 것이다), 한편으로는 벌써 올라온 행사 사진을 클릭하면서 말했다.

어떡하지, 너무 귀여워서 씹어 먹고 싶다.

속눈썹을 하나하나 핥아서 올려주고 싶다.

입에 넣어서 뼈랑 살이 분리될 때까지 침으로 녹이고 싶다.

그런 소리를 할 때 m은 누구보다 진지하다. 선언하듯 던져지는 그 말을 들으며 나는 새삼 m도 민규를 사랑하고 있다는 걸 느낀다. 주말, 늦은 저녁 버스에는 사람이 없다. 젊은 남자 하나와 젊은 여자 하나가 각각 창가에 머리를 기대고 있을 뿐이다. m과 나는 맨 뒤에 앉아 버스가 가득찰 정도로 많은 말을 내뱉었다. 말에 형체가 있다면 버스가 전복될 정도로 많은 양이었다.

우리의 만남은 언제나 이런 식이다. 기다리고, 만나고, 흥분에 찬 상태로 돌아가는 것. 이것이 매일매일 반복되는데 어째서 지치지 않는 건지. 아니 지치지 않는 건 둘째 치고 매번 신기하기까지 한 건지 나는 알 수 없다. 신기하니까 제대로 표현하지 못하고,

그래서 매번 새로운 걸까.

목이 아파 꿀물을 사들고 들어가는데 골목에서 나를 기다리다 나온 듯한 그와 마주쳤다. 그가 웬 꿀물, 이라고 묻는 것에 그냥, 이라고 답하며 집으로 들어갔다. 남아 있는 공기가 미지근해서 창문을 열었다.

카디건을 벗으며 나는 하도 소릴 질렀더니 목 아파서, 라고 말하는 걸 상상했다. 보여줄까? 라고 하고, 우워워워나 민구우우라고 외치는 상상을 했다. 그러나 그는 진실을 거부할 게 뻔했다. 말해봤자 한 귀로 듣고 한 귀로 흘릴 게 뻔했다. 나는 누구보다 그를 잘 알았다. 그를 이해했다. 그를 사랑하지 않는데도 그랬다.

*

오늘은 기분이 좋았다. 기분이 좋았는데, 순식간에 나빠졌다. 무대의 마지막, 멤버들이 일자 대형으로 선 다음 총을 쏘는 시늉을 해서 나는 소리를 질렀다. 옆 사람이(모르는 사람이었지만) 내 팔을 치며 누구에게라고 할 것 없이 말했다. 헐, 대박. 엔딩 바뀌었어. 대박. 멤버들의 손이 운동에너지를 써서 조금 더 위로 올라온 것. 그건 약간의 변화였지만 동시에 전부나 다름없는 변화였다. 멤버들이 겨냥한 건 카메라였는데 내 심장이 터졌다.

그러나 얼마 지나지 않아 나의 행복은 무너졌다. 어린 시절, 장난감 부엌에서 국자와 접시 몇 개가 사라졌던 것처럼 쉽게 망가졌다. 마지막 순위 발표 때 허리를 굽히며 걸어 나오는 너를 볼 때까진 좋았다. 네가 객석을 향해 손을 흔들 때도 좋았다. 그런데 네가 왼쪽과 오른쪽의 사람들을 향해 인사하다 옆에 있던 여자와 부딪혀 사과를 할 때부터 기분이 나빠졌다. 두 빰을 올리며 얼굴을 구기듯 환하게 웃는 것을 보고 기분이 나빠졌다. 너는 그저 예의를 차린 것일 뿐인데도 그랬다.

결정적으로 하필, 일곱 명이나 되는 멤버 중 네가 제일 가장자리에 서서, 그 걸그룹 멤버와 어깨를 맞대고 있어서 기분 나빴다. 그보다 더, 스치는 옷깃에 온 감각을 곤두세우는 듯 그 여자가 고개를 숙이고 있어 기분 나빴다. 너와 그 여자는 눈을 마주치지 않았다. 각자 다른 곳을 바라보며 손을 흔들고 있었다. 그러나 나에겐 그 행동이 외려 더 의심스러웠다. 그 여자를 붙잡고 당신의 표정이 대체 뭐냐고 묻고 싶었다.

그러나 내가 있는 곳은 가장 낮은 곳. 추락한 죄인들이 손을 뻗었지만 누구도 거미줄 하나 내려주지 않았다. 죄인들은 자신의 순결을 증명하기 위해 알고 있는 천사의 이름을 외웠다. 제가 가장 고통스럽다고, 가장 간절하다고 몸부림쳤다. 그 사이에 끼어 나는 깊은 환멸을 느꼈다. 옆 사람의 검은 반팔 티가 눅눅한 것이, 무대와의 높이 차이가 지나치게 큰 것이, 네가 아닌 다른 이의 팔과 맞대고 있는 내 살갗이 혐오스러웠다. 열린 땀구멍이 혐오스러웠다.

무대 위의 저들에겐 구원의 여지가 있다. 저 여자들, 그러니까 짧은 치마를 입고 긴 머리를 날리는 이들은 원한다면 언제나 너에게 가까이 갈 수 있다. 최상의 상태, 비싼 피부과와 클리닉이 가

꿔준 가장 예쁜 모습으로 말을 걸겠지. 늙은 시계공이 만든 것처럼 정교한 눈동자를, 온갖 더러움으로부터 너를 보호하는 속눈썹을 보면서 숨을 뱉겠지. 나는 너를 함부로 쳐다볼 눈과 네 숨결이 닿을 저 피부를 저주했다. 상처 주고 싶다고 생각했다. 그래서 저들이 제가 지은 죄를 알 수 있게. 거친 땅을 밟고 그 발에 맺힌 피가 마르지 않게.

이런 생각을 했을 뿐인데 주변이 정적에 휩싸이는 게 느껴졌다. 평소 같으면 왜 그래요, 만옥씨, 라며 웃었을 m마저 굳는 것이 느껴졌다. 그러나 내 생각, 아마도 입 밖으로 새어나갔을 말을 철회할 생각은 들지 않았다.

일위 발표가 끝나고, 앙코르 무대가 이어지고 있는 중에 m이 나를 잡아끌었다. 아직 멤버들이 퇴근하지도 않았는데 기다리지도 않고 방송국을 빠져나왔다. 한참을 m의 뛰는 듯, 걷는 듯 빠른 속도에 이끌리느라 숨이 찼다. 역에 다다라서야 m이 잡은 팔을 풀었다.

만옥씨! 분위기 봤어요? 완전 싸움날 뻔했는데.

……

여자애들만 있으면 괜찮은데. 아까 옆에 있던 그 남자 덩치 봤죠? 만옥씨 맞으면 한 방에 쓰러져요. 나도 싸움 못하고.

나는 할말이 없어 가만히 있었다. 그러자 m이 웃음을 터뜨렸다.

아, 표정 봐. 많이 화났어요? 그래도 표정 좀 풀어요. 나 진짜 당황했는데, 만옥씨 땜에 할말 다 까먹었네. 그래요. 이미 말했는데 어쩔 거야! 만옥씨 아니면 누가 거기서 그런 소릴 하겠어요.
그죠?

나는 그런 m의 태도가 불만스러워 한마디 덧붙였다.

일부러 그런 거 아닌데. 순간적으로 그런 거예요.

아이, 누가 뭐래요. 원래 사람 속마음은 방심할 때 나오고 그런
거죠, 뭐. 나라고 기분좋았겠어요? 하여튼,

하여튼 만옥씨는 참 솔직해, 라고 m이 말했다. 그러면서 계속
조잘조잘, 아까 걔가 민규 옆에 딱 붙어 있는 거 봤냐느니, 여우
같다느니 얘기를 이어갔다. 그러나 나는 그 소리의 반은 듣고 반
은 흘릴 수밖에 없었다. m보다 빠르게 뛰듯이, 걷듯이 계단을 내
려갈 수밖에 없었다.

민규의 이상형이 솔직하고 털털한 여자였기 때문이다.

*

가끔 내 얼굴을 보고 놀랄 때가 있다. 네가 없을 때, 너를 본 일
이 오래전만 같을 때 나는 노트북을 켜고 너의 사진과 영상을 본
다. 어느 것도 실재의 너를 따라갈 순 없지만, 오류가 나거나, 동
영상이 다음 동영상으로 넘어가는 순간 화면에 비친 내 얼굴은
웃고 있다. 늘 웃고 있다.

너를 만날 때 내 표정을 나는 알 수 없다. 이것보다 몇 배는 더
웃고 있거나, 몇 배는 더 추하거나 사람들 말처럼 눈이 돌아가서

흰자만 보이는지도 모른다. 그래서 눈앞에 있어도 네가 보고 싶고, 너를 기억하지 못하는 건지도 모르지. 네 앞의 나를 상상하며 여러 가지 표정을 지었다. 웃는 표정을, 찡그리는 표정을 지어봤다. 이십 년을 넘게 본 얼굴이 네 얼굴보다 낯설다.

문을 여는 소리가 들리고 그가 내 집으로 들어왔다. 냉장고를 채우면서 온 신경을 나에게 쏟고 있는 게 느껴졌다. 나는 우리집 냉장고가 싫다. 문을 열면 냉기가 새어나오는 게, 군내가 나는 게, 한 사람을 가릴 정도로 크지 않은 게 싫다. 견디기 힘들다. 비어져나온 등을 뒤로한 채 나는 집을 나섰다.

돈을 벌어야 한다. 나에겐 무엇보다 돈이 필요했다. 욕심을 부리지 않고 빌자면, 나는 사인회에 가는 게 소원이다. 옆집에 사는 것이 아니라 사인회에 가는 게 소원이다. 불가능한 일은 아니지만 소원이라고 할 만큼은 어렵다.

사인회를 할 때마다 백 명의 당첨자를 뽑는다. 나흘 동안 평균적으로 칠천 장의 CD가 팔린다. 계산해보면 칠십 장은 사야 안전하게 뽑힐 수 있다는 답이 나온다. 그렇다고 칠십 장을 살 필요는 없고,

한 사십 장 정도는 사야 하는 것 같다.

그럴 돈이 있다면 민규에게 선물을 사주고 싶다. CD 한 장에 만삼천원. 사십 장이면 오십이만원. 너무 적지도, 많지도 않은 돈. 선물을 산다면 좋은 것 하나와 작은 것 하나를 살 수 있는 돈이다. 박복한 사람이라도 한 번은 써볼 만한 액수다. 그렇지만 이런 생

각은 부질없다. 나에겐 그만큼의 돈이 없으니까. 돈이 없으니까.

지난주까진 아침 여덟시부터 오후 네시까지 카페에서 일했다. 셔터를 올리고 아홉시까지의 출근 러시가 끝나면 식자재를 채우고, 청소를 하다가 점심 손님을 받고, 또 간간이 청소를 하며 손님을 받다가 매니저와 바통 터치를 하는 식이었다. 열한시부터 부어오르는 다리와 삼십 분의 점심시간을 제외하곤 견딜 만한 일이었다. 유니폼 대신 입는 꽉 끼는 바지와 다짜고짜 욕하는 손님과 바통 터치할 때 엉덩이를 치고 가는 매니저를 제외하곤 좋은 일이었다. 꽤 오랫동안 한 일이었는데, 사전녹화 때문에 몇 번 일찍 조퇴했다고 잘렸다. 나는 스스로를 꽤 무딘 편이라고 생각했지만 착잡해지는 건 어쩔 수 없었다.

노동이 좋다. 노동을 하면 대가가 생기고 그 돈으로 좋은 일을 할 수 있다. 내키는 대로 이것저것 살 수도 있고 너를 보러 가기도 좋다. 돈이 있으면 대기하는 동안 손난로처럼 프랜차이즈 커피숍의 커피를 들 수 있고, 방송국 입장 전에 톰 포드 립글로스를 덧바를 수도 있다. 한겨울 야외 행사에서도 패딩 대신 코트를 입고 있으면 눈에 띄겠지. 그렇지만 코트는 100퍼센트 캐시미어라, 나는 기침도 않고 겨울을 날 것이다.

시내엔 저렴한 가격의 편집숍이 많았다. 남성복 코너에 서서 네 생각을 하니 무채색 옷이 살아나는 게 느껴졌다. 나는 손끝으로 모든 옷을 건드리고, 예쁜 옷이 있으면 뒤집어서 사이즈를 확인했다. 가격표를 보며 고민하는 제스처도 취하고, 애인의 팔 길이를 가늠하듯 몸에 옷을 대보기도 했다. 행복했다. 아무도 나를 보지 않았는데 그랬다.

　그는 내게 언제나 뭔가를 사주길 원했다. 그러나 그건 내가 원한 게 아니었다. 그는 내게 길에서 파는 오만원짜리 지갑을 사주고 싶다고 했지만 나는 생로랑이 갖고 싶었다. 그는 지하상가에서 파는 사만원짜리(정확히는 삼만구천구백원) 첼시 부츠를 들고 왔지만 나는 처치스 첼시 부츠가 갖고 싶었다. 원래는 환불 안 해주는데, 투덜대는 점원에게 소보원을 들먹였다. 정말 마음에 들지 않는 선물은 처치 곤란. 원하지 않는 애정도 처치 곤란. 나는 울적한 마음으로 가게를 나섰다. 민규에게, 선물을 사주는 걸 포기했다.

　민규를 보지 못하는 날은 생각이 많아진다.

*

　어느 날 네가 인간이 아니라고 해도 나는 놀라지 않을 것이다. 잠시 당황할 순 있어도 어쩐지, 음, 당연한 일이지, 하고 받아들일 것이다.

　그간 인간세계에 적응하느라 부대찌개나 청국장 따위 드시느라 수고가 많으셨습니다.

　숙소가 낡아서 불편하진 않으셨습니까.

　있잖아요, 당신이 라면을 끓여먹었을 때는 너무 가슴이 아팠어요.

이런 얘기를 해줘야겠다고 생각한다.

그러나 막상 정체를 들킨 네가 날아가면 슬플 것이다.

물에 담근 두 손이 녹은 것처럼 허전할 것이다.

이런 생각을 오래 한 날 나는 꿈을 꿨다.

너를 날려보내려고 손을 잡고 돌아다니는 꿈이었다.

나는 무능력하고 너무 작아서 마녀에게라도 도움을 청해야 했으나

씨발, 사인회 당첨된 년들처럼 손깍지 낀 것이 기뻐

지문이라도 훔쳐갈 것처럼 샅샅이 너의 손바닥을 느끼다가

그만 떠나보낼 시간을 놓쳐버리고 만 것이다.

날아가지 못한 네가 엉엉 울어서 나도 같이 울었다.

꿈속에서 나는 좋아서 울고 너는 슬퍼서 울었다.

나는 히히, 하고 너는 엉엉, 하던 꿈.

맞잡은 손으로 우리의 피와 살이 얽히길 바라던 꿈.

깨어나서도 한참 동안 웃는 듯, 우는 듯 멈추지 않았다.

세수를 하면서도 한참을 멈추지 않았다.

*

그러려고 했던 게 아닌데 가끔 그런 일이 생길 때가 있다.

너를 본 지 사흘이나 되었을 때는 그런 일이 생길 수도 있다.

이번주 음악방송은 재외동포를 위한 특집방송이었다. 모니터

속, 출국하는 너에게 나는 손을 흔들었다. 나는 여권이 없다. 지금까진 필요하지 않았다. 그러나 너를 만난 뒤 상황이 달라졌다. 오만원, 정도라고 했지. 다음주부터는 일을 시작할 테니 만들 수 있다.

네가 해외로 나가는 게 싫지만은 않다. 엊그제, 네가 이곳을 떠나고 나자 오히려 나는 마음이 편해졌다. 이력서를 넣고 전화 온 두 곳의 면접을 봤다. 오랜만에 머리를 써서 책도 읽었다. 네가 여기 있지 않아서 가능한 일이었다.

그러나 너는 어제 서울로 돌아왔다. 닿을 만한 거리로 돌아오면서 괴로움도 함께 가져왔다. 오늘 너는 선릉역의 고깃집엘 갔다. 멤버들은 모자를 눌러쓰고 있는데, 너 혼자 맨얼굴로 있는 것이 사진에 찍혔다. 너는 젓가락을 들고 뜨거운 고기를 입안에 밀어넣고 있었다. 왼손과 내리깐 눈으로는 테이블을 더듬고 있었다. 컵을 찾는 듯했다. 나는 그게 억울했다. 너에게 물을 건네줄 수 없는 것이, 테이블로 태어나지 않은 것이 억울했다. 누가 나를 막은 것처럼 그랬다.

그러려던 게 아닌데 나는 네가 소속된 기획사 이름을 검색하고 있었다. 길 찾기를 누르고, 출발지에 우리집을, 목적지에 기획사를 넣고 말았다. 기획사까진 차를 타면 사십육 분, 대중교통을 이용하면 오십 분이 조금 넘게 걸렸다. 버스정류장까지 삼 분, 버스를 타고 이십 분, 지하철을 타고 십팔 분, 내려서 마을버스로 갈아타고 칠 분, 다시 도보로 삼 분, 총 오십일 분. 나는 지도를 처음 가진 아이처럼 그 루트를 되짚었다. 기분이 이상했다. 고작 오십

일 분이면 네가 있는 곳에 갈 수 있었다.

지도를 확대해서 보다가 깜짝 놀랐다. 익숙한 이름의 커피숍이 근처에 있었다. 엄지손가락 마디 두 개쯤, 걸어서 오 분 정도 거리에 그가 아르바이트하는 커피숍이 있었다. 나는 그에게 배신감을 느꼈다. 그가 일하는 곳 가까이, 이렇게 가까운 거리에 네가 있었다. 모르긴 몰라도 그는 너를 몇 번이고 봤을 것이다. 길에서 봤을 수도, 퇴근길에 들른 편의점이나 식당에서 봤을 수도 있다. 어쩌면 네가 그의 가게에 왔었을 수도 있다. 멤버들과 먹을 일곱 잔의 커피와 파니니를 들고 가게를 나갔을 수도 있다. 그는 너를 알아봤을까. 아니면 멍청하게 눈을 뜨고도 그냥 너를 보냈을까. 너를 가까이에서 봤을 수도 있었다는 이유만으로 나는 그가 다르게 느껴졌다. 너의 숨이 그에게 묻어 포자처럼 퍼졌을 수도 있다는 생각이 들자 갑자기 이 집이 낯설어졌다.

가방을 챙겨 충동적으로 집을 나섰다. 아니, 충동적이라곤 했지만 노트북과 충전기, 지갑을 챙기고 나섰다. 일단 출발은 했으나 불안한 느낌을 지울 수는 없었다. m과 함께 가는 것도, 공식 스케줄도 아니었다. 너를 만나도, 못 만나도 문제였다.

정류장에 도착해서도 버스가 십 분 넘게 오지 않으면 가지 말아야지, 생각했다. 그러나 버스가 바로 왔고, 평소엔 잘 오지 않던 버스였는데 그래서 올라탈 수밖에 없었다. 정말로 어쩔 수 없이, 라는 느낌이 드는 걸음으로. 나의 의지가 아닌 것 같은 걸음으로. 창가에 스쳐가는 풍경은 익숙했지만 그게 두려움을 없애주진 않았다. 그렇게,

정신을 차려보니, 라는 수식을 더할 수 없을 정도로 또렷한 정신으로 소속사 근처에 도착했다. 태연한 척, 동네 주민인 척 굴었지만 머릿속의 쇠구슬이 출구 없이 굴러다니는 걸 멈출 방법은 없었다. 손이 굳고 입꼬리가 얼어붙었다. 무엇 때문인지 모르게 두려웠다. 용기가, 속을 든든하게 채울 것이 필요했다.

카페에 들어가 라테 한 잔을 시켰다. 심장이 터질 것처럼 뛰었기에 말을 꺼내자마자 후회했다. 탄산수 같은 걸 시켰어야 했는데. 그러나 주문을 바꿀 용기도 나지 않았다. 고개를 들어 바깥의 풍경을 보았다. 그러자 바로 정면에, 주택가 건물 같은 곳 앞에 여자들 몇이 서성이는 것이 보였다. 그 순간 유리에 숨을 불어넣듯, 폐가 훅, 하고 팽창하는 느낌이 들었다. 감당할 수 없어 나는 잠시 잔기침을 뱉었다. 건물 일층 주차장에 익숙한 검정색 스타렉스가 보였다.

라테가 나왔다. 나는 그것을 떨지 않고 마시기 위해 애를 써야 했다. 달궈진 도자기에 윗입술을 대자 온몸에 소름이 돋았다. 나는 잔을 내려놓고 노트북을 켰다. 바탕화면이 너의 사진이었기에 재빨리 밝기를 줄이고 한글창을 켰다. 되는대로 자판을 눌렀다. 눈은 모니터에 고정했지만, 나는 온몸의 털이 바깥으로 곤두서는 것을, 조류를 따르는 수초처럼 온 신경이 한방향으로 쏟아지는 것을 느꼈다. 반복해서 잔에 입술을 댔지만 나는 내가 마시는 게 불안이라는 걸 알았다.

얼마나 지났을까. 찻잔이 바닥을 보일 무렵 모자를 눌러쓴 남자가 카페 옆을 스쳐지나갔다. 그가 대동하고 있던 다른 남자가 한 팔을 휘저었고, 쭈그려앉아 있던 사람들이 일어나는 게 보였다. 내 예상과 달리 그들은 남자에게 달라붙지는 않았다. 다만 닿을 듯, 말 듯 한 거리를 유지하며 말을, 남자에게 닿을 수 있는 가장 확실한 것을 쏘아 보내고 있을 뿐이었다. 그러나 남자는 어떤 반응도 보이지 않았다. 모자를 쓰고 있어서 표정을 읽어낼 수도 없었다. 빨려들어간 듯 문 안으로 남자가 사라지자 몇몇은 더 문 쪽으로 달라붙고, 몇몇은 뒷걸음질치며 건물을 올려다봤다. 나는 심장이 거대하고 묵직하다는 것을, 누군가 그 속에서 거대한 북을 두드리고 있다는 걸 알았다. 무겁고, 끈적한 파동이 바깥으로 퍼져나갔다.

그후로 내가 무슨 생각을 했는지 잘 모르겠다. 그저 자리에 앉아 시간을 축냈을 뿐이다. 창밖이 어스름해지자 기획사 앞에 중국집 오토바이가 멈춰 섰다. 쭈그리고 있던 소녀들이 일어나, 배달원에게 말을 거는 게 보였다. 카페 직원이 돌아다니며 탁자 위의 초에 불을 붙였다. 창밖에 가로등 불도 켜졌다. 저녁을 먹으러 가는 듯, 외국인 무리가 떠난 자리엔 단 두 명의 소녀만이 남아 있었다. 누군가 빈 그릇을 건물 앞에 내다 놓는 것을 보고 나는 카페를 나섰다. 가까이 다가가자 소녀들의 말소리가 들렸다.

민규 또 굴짬뽕 먹었나보네.

오, 역시 식신! C는 살 뺀다는데 얜 다이어트 안 하냐? 돼지 되면 어쩌라고?

미친년아, 누가 우리 민규보고 돼지래.

내가 그랬는데?

뭐래, 씨발 년이. 돼지는 니 같은 년이 돼지지.

야, 귀여워서 돼지라고 한 거지 안 귀여우면 돼지라고 하겠냐?

하여튼 뒤지기 싫으면 욕하지 마라.

미친, 유난을 떨어요. 그래, 떡쳐 씨발, 됐냐?

소녀들이 재미있다는 듯 킥킥, 웃다가 발걸음을 멈춘 나를 쳐다봤다. 바닥에 침을 탁, 뱉는 그 모습에 잠시 당황했으나 잠시만요, 라고 한 뒤 그릇 쪽으로 다가갔다. 거기엔 정말로 채 썬 당근과 양파, 흰 국물이 남아 있었다. 한때는 굴짬뽕이었을 게 분명한, 무엇보다 민규가 먹었을 거라고 보이는 빈 그릇. 그러나 그걸 보면서도 나는 킥킥, 웃음이 난다기보단 심장이 떨렸다. 죽을 때까지 쓸 심장박동수가 정해져 있다면 오늘 이틀 치는 썼다는, 그런 생각이 들 정도로 뛰었다. 그러나 이상하게도 양손은 떨리는 동시에 침착했다. 나는 목까지 올라온 심장을 애써 삼키며,

찰칵

찰칵

찰칵

빈 그릇의 사진을 찍었다. 그런 다음 소녀들을 등지고 빠르게 돌아 나왔다. 뒤에서 뭐야, 하는 소리가 들린 것 같았다. 나는 그 소리를 애써 무시했다.

집에 가는 길엔 그가 근무하고 있는 카페 앞을 지나갔다. 유리 창 안으로 그가 보였지만 그도 나를 봤는지는 모르겠다. 만약 그가 나를 봤다면 내가 하루종일 그랬던 것처럼 손끝이 얼어붙었겠지. 무슨 수를 써서라도, 갑자기 단체 손님이 들어와 믹서를 세 번이나 세척하면서 다른 종류의 프라푸치노를 열세 잔이나 만드는 그런 상황만 아니라면, 앞치마 차림으로 나와 물었겠지. 왜 여기 왔어? 의문에 가득찬 목소리. 그러나 기대와 희망을 숨기지 못한 목소리로. 그러면 나는 아무 대답을 하지 않거나 뛰어나오는 그를 무시하고 엄청, 엄청 빠른 속도로 아무 버스에나 올라탔을 것이다. 그러나 그런 일은 일어나지 않고 나는 집으로 돌아왔다. 지하철을 타고 버스로 갈아탄 뒤 내 방에 도착했다.

라테는 칠천오백원이었고 교통비는 삼천백원이 나왔다.

이상하게 눈물이 날 것 같았다.

*

다녀오셨어요?

……

그러니까, 직접 보신 거예요?

아시잖아요, 그냥 커피 마시고 싶어서.

……

시간도 많고. 그냥 어쩌다가 갔는데.

……

라테 한 잔 시키고 창가에 앉았는데, 사람들이 막, 모여 있더라구요. 빌라 근처에. 주택가 한가운데였어요. 소속사 사무실이라고 말 안 하면 아무도 모를 거야. 진짜 리얼리티에서 본 거랑 똑같더라구요. 일층 주차장에 스타렉스 있고. 그래서 알아봤죠. 여기가 거기구나. 그래도 뭐, 그거 알아서 뭐하겠어요. 그냥 사생 좀 구경하다가 신기하다, 하고 커피 먹고 할 일 좀 하다가 나왔는데, 보이는 거예요. 빈 그릇이. 연습실 들어간 거 민규밖에 없는데. 그래서 보다가 그냥, 그냥 찍었어요. 아시잖아요. 민규가 굴짬뽕 좋아하는 거. 방송에 나와서도 후루룩, 캬. CF 찍고 싶다고 흥내내고 그랬잖아요. 그날 입은 후드티, 생각나요? 진짜 귀여워서 코디가 일 좀 했구나 했는데 민규 사복이라 그래서 깜짝 놀랐었잖아요. 앤 센스도 좋네. 못하는 게 뭐지 싶어서.

m은 대꾸가 없었다. 나는 썩은 이를 방치한 사람처럼 불안해졌다. 한참을 그렇게 있다가 m이 입을 열었다.

만옥씨.
네?
저 그 사진 좀 보내주시면 안 돼요?

나는 안심했다. 신이 아닌 신부에게 용서받은 것처럼.

*

　가끔 너를 실제로 본 첫날이 생각난다. 광장에서 열린 공개무대였다. 외국인 관광객 유치를 목적으로 한 특별 생방송이 저녁 일곱시부터 약 두 시간 동안 진행될 예정이었다. 나는 원래 일을 마치고 영화관에 가려고 했다. 상영시간표를 알아뒀고 예매도 끝낸 상태였다. 그런데 어떤 충동이 나를 사로잡아 4호선 대신 광장으로 가는 2호선을 타게 했다.

　그날의 스케줄을 나는 오래전부터 알고 있었다. 일찍 가면 좋은 자리를 잡을 수 있을 거라는 것도, 리허설을 구경할 수 있으리란 것도. 그러나 나는 그곳에 갈 생각이 없었다. 여름밤, 북적이는 사람들을 견딜 정도로 나는 너를 사랑하지 않았다. 나는 아직 응원법도 다 외우지 못했고 두 시간을 서 있기엔 다리가 너무 아팠다. 그러나 그것은 모두 자기기만이었다. 내가 그날 광장에 가려 하지 않았던 건 그간 사랑하면서 느낀 지독한 감정 소모를 다시 견딜 자신이 없었기 때문이다. 너를, 그 실재를 보면 다가올 충격을 감당할 수 없으리라는 걸 알았기 때문이다.

　나는 피곤했고 할 일이 많았다. 돈을 많이 벌어 남향에 부엌이 분리된 집으로 이사하고 싶었고, 더 더워지기 전에 샌들을 사고 싶었다. 커피를 고를 때 오백원 차이로 망설이고 싶지 않았고 늘어난 속옷도 싫었다. 더이상 발을 들이면 모든 게 엉망이 될 게 뻔했다. 그러나 그걸 알면서도 나는 너를 보러 갔다. 도대체 왜 이러는지 스스로를 이해하지 못하면서. 지하철을 타고 가는 내내 수

십 번도 더 가본 광장으로 향하는 길을 잃어버리길 바라면서.

그날 무대에 대한 구체적인 인상은 남아 있지 않다. 도착했을 땐 이미 많은 사람이 있었고, 저멀리 멤버들은 흰 잔상처럼만 보였다. 나중에 사진을 찾아보고 나서야 나는 전날 이발했는지 다듬어져 있던 너의 머리와, 드러난 예쁜 귀를 볼 수 있었다. 이제 곧 찾아올 더위를 맞이하려는 듯 유난히 네가 땀을 많이 흘리고 있다는 걸 알았다. 그런데도 광장의 끝에 서서, 팔짱을 끼고 서 있는 주변 사람들 틈에서 너를 보았을 때 가슴이 방망이질치고 눈물이 날 것 같았던 건 어째서인지 알 수 없다.

N 그룹의 차례가 끝나고, 나는 빠져나가는 사람들 틈을 비집고 무대 가까이로 갔다. 음악방송에선 모든 무대가 끝나고 마지막으로 순위 발표를 했다. 나는 그때 네가 다시 나올 걸 알았기에, 그 찰나의 순간이라도 너를 가까이서 보기 위해 계속 전진했다. 사람들을 밀고 틈새로 끼어들며 스피커 근처, 정말로 가슴이 터져버릴 것 같은 곳까지 나아갔다.

그렇게 무대 가까이, 인구밀도가 아주 높은 곳에 도달하자 그간 잊고 있었던 괴로움이 다시 상기됐다. 행사를 다닐 때 가장 고통스러웠던 건 거대한 스피커의 진동이나 땀냄새 따위가 아니었다. 나는 너와 같은 무대에 동료라는 이름으로 서는 사람들 때문에 힘들었다. 내가 너를 보기 위해 이렇게 기다려야 하는 것과 달리 그 사람들은 자신들이 원할 때면 언제라도 너를 볼 수 있었다. 그런 사람들을, 내가 마치 그들을 보길 간절히 원한 것처럼 아래에서 올려다보아야 한다는 것이 나를 괴롭게 했다.

마지막 순서가 끝나고, 순위 발표 시간에 네가 뛰어나왔다. 운이 나쁘게도 너는 내가 있는 쪽과 반대쪽 맨 끝에 서게 됐다. 알고 보니 그쪽에 팬석이 있었다고 했다. 너는 자신을 사랑하는 사람들을 향해 아주 많이 손을 흔들어주었고 손가락으로 작게 하트를 만들거나 윙크를 보냈다. 들어가는 순간까지 허리를 굽히고 반복해 인사하기를 잊지 않았다. 내 쪽은 한 번도 보지 않았다.

그날 버스를 타고 가면서 나는 아주 잠깐의 순간이지만 진실로, 네가 죽었으면 좋겠다고 생각했다. 누군가 너를 가진다는 생각만 해도 괴로웠고 네가 누군가를 쳐다보기만 해도 괴롭다면 네가 사라지는 게 옳았다. 내가 너를 포기하는 것은 선택지에 없었으므로 그게 최선의 답이었다.

나는 그런 사람이다. 나는 이상한 사람이고 나는 나를 감당하지 못한다. 지금은 연락이 끊긴 친구 중에 이런 말을 한 친구가 있다. 나는 평생을 앓은 사람. 그때마다 사랑하는 일에 대해, 고통에 대해 말하지 않고는 견딜 수 없던 사람이라, 언제나 주위 사람들을 지치게 했다. 멀어지기 전 그 친구는 나에게 네가 사랑하는 건지 괴로워하는 건지 헷갈린다면서 이렇게 말했다. 어차피 그만두지 못할 거면 즐겁게라도 해. 어차피 덕질할 거 행복하게 하자! 그러나 나는 천성적으로 그게 불가능했다. 어떻게 즐겁게 해? 보지 못하는 날엔 눈앞에 없어 괴롭고, 보는 날엔 그가 나를 알아보지 못해 괴로운데. 그를 웃게 할 수도 없고 내 이름을 들려줄 수도 없는데. 고양이가 집을 나간 뒤 동물을 키울 수 없게 됐다는

걸, 통근 길엔 음악보다 라디오를 즐겨 듣는다는 걸 알려줄 수 없
는데. 기울어진 떡볶이집에서 그릇에 담긴 어묵 국물을 수평으로
맞추려고 한 적이 있는지, 멀미가 심해 모과 냄새만 맡고도 구역
질을 한 적이 있는지, 꿈속에서 다리 한 짝을 잃어 일어나자마자
이불을 더듬어본 적이 있는지 물어보고 싶어도 답을 들을 수 없
는데. 그런데 어떻게 그렇게 해? 어떻게 즐겁게 할 수 있어?

*

  어제 대기하는 내내 춥더니 결국 탈이 났다. 스케줄이 없는 날
이라 안심하고 있었는데 m에게서 연락이 왔다.

  만옥씨.
  네.
  혹시 K시 산다고 하지 않았어요?
  네, 맞는데요.
  헐, 대박!
  ?
  방금 트위터에서 봤는데 애들 K시 만둣국집에 있었다는데.
  !
  사진 찍혔어요.
  뭐지?
  오늘 스케줄 없는데.

만둣국 먹으러 K시까지?

손이 떨렸다. 나는 채팅창을 내리고 트위터를 켰다. 올라온 지 채 한 시간도 안 된 사진은 몰래 찍어서인지 사선으로 기울어져 있고 초점이 잘 맞지 않았다. 그러나 그 속에서도 나는 너의 모습과 그 만둣국집을 알아볼 수 있었다. 그곳은 우리집에서 가깝고 나도 몇 번 가본 적이 있는 가게였다.

보셨어요?
근데 만두만 먹고 바로 갔대요.
모자만 쓰고 그냥 왔다던데.
맛집 탐방?
애들 아무도 못 알아봤대요.
찍은 사람은 C그룹 팬이라서 알아봤대요.
만옥씨 혹시 아는 가게예요?

계속해서 m에게 메시지가 왔지만 나는 대답할 수 없었다. 또다시, 머릿속에서 모래알이 쏟아지는 것 같았다. 그렇지만 나는 많이, 더 많이 아파야 했다. 현기증이 나서 한 발짝도 걸을 수 없을 만큼 아파야 했다. 나는 아파서 그 만둣국집에 가지 못한 것이다. 만두를 아주 많이 먹고 싶었지만, 열이 많이 나서 움직일 수 없었던 것이다. 나는 창문을 열었다. 유리창을 힘껏 젖히며 바람이 뼛속까지 들어와 나를 병들게 하길 바랐다. 그러지 않고서는 내가 그 시간에, 그 자리에 없었던 것을 스스로에게 설명할 수 없었다.

*

퇴근길을 보고 돌아가는 길에 m이 말했다.

헉. 만옥씨 이거 봐요.

뭘요?

우리가 아까 블루종은 B고 빨간 체크는 C라고 했잖아요.

네, 왜요? 맞는데. 아니에요? C 아니고 H인가?

아니요. 그게 아니라 걔들은 C 그룹 애들이고, 여기, 민규 회색 후드티 입고 있는 거 보이시죠?

헉. 맞네.

어떡해. 완전 눈뜬 장님인가봐. 미쳤다.

m은 충격을 받은 듯 더이상 말이 없었다. 그러나 내가 놀란 것은 다른 이유에서였다. 내가 너를 알아보지 못할 수도 있다. 어둠 속에서 눈을 떴을 때 맨 처음 눈앞에 있던 사람이 네가 아니었으므로. 그때부터 내 눈은 오염되었으니까 그럴 수도 있다. 내가 놀란 건 네가 카메라에 눈을 맞추고 있어서였다. 그 먼 거리에서, 우연일지라도 카메라를 보고 있는 네가 나를 놀라게 했다.

사람이라면 누구나 아끼는 존재가 생기기 마련이다. 내가 다른

112

사람이 아닌 네 손톱 길이에, 추운 날 드러난 발목에 신경을 쓰는 것처럼 너도 마찬가지일 거였다. 너에게 자주 선물을 주는 사람, 너의 사진을 예쁘게 찍어서 올려주는 사람, 네가 가는 곳이라면 어디든, 그곳이 비공개 행사든 해외든 상관없이 쫓아다니는 사람이라면 너는 그것이 너를 향한 강한 애정의 증거라고 받아들이고 다른 팬보다 그들을 좀더 소중히 여길 터였다. 너는 그들의 얼굴을 기억할 수 있다. 그들의 카메라를 한번 더 쳐다볼 수도 있다.

나는 이 모든 것을 알았고 내가 그중 하나가 아니라는 사실을 잘 견뎠다. 나는 구석에 앉은 얌전한 학생. 손을 들어 주의를 환기하기보단 조용히 앉아 나를 들키길 희망했다. 그러나 기대는 배반되기 마련이고, 나에겐 방과후 면담도, 하굣길의 우연한 만남도 없었다. 나는 속내를 숨긴 채 책상 위로 엎드리다가, 점점 너의 눈에서 멀어졌다. 복도에 늘어선 검은 머리 중 하나가 되었다.

나는 계속해서 사진을 봤다. 삼십 분 전, 네가 바라보고 있던 것이 내가 아닌 다른 사람이었다는 걸 알면서도 트럭에 깔린 개구리를 보듯 눈을 뗄 수 없었다. 나는 바들바들 떨리는 다리가 멈출 때까지 돌을 던지고 싶었고 그 자리에서 도망쳐 신발 밑창을 바닥에 문지르고도 싶었다. 하지만 선택지는 하나. 너를 계속해서 보는 것 외엔, 나의 무력을 확인하는 것 외엔 별다른 도리가 없었다. 지금 뒤돌아서건 아니건 천사가 한번 핥은 듯 깨끗한 눈동자가 나를 쫓아다닐 거란 걸 알았다. 이런 예감이 들었다. 언젠가 네가 나를 태우고 말 거라는 예감.

너를 알게 된 뒤로 나는 매번 이랬다. 모든 사람을 질투하고 의

심했다. 나는 너와 같은 무대에 서는 소녀들이 자신들의 직업윤리가 있는 이들이라는 것을 알면서도 그녀들이 너를 보기 위해 그곳에 존재하는 것처럼 미워했다. 그들의 아름다움을 부정하고 비방하면서 내가 가장 되고 싶은 것이 그 모습이라는 걸 숨겼다.

나는 너에게 옷을 입혀주고 너를 꾸며주는 사람도 질투했다. 한번은 무대 뒤를 찍은 영상에 화장을 고치는 네 모습이 비친 적이 있다. 한 여자가 너의 입술에 립글로스를 덧발라주고 있었다. 너는 무언가를 먹고, 마시고, 말을 아주 많이 했을 것이다. 그래서 새벽부터 일어나서 받은 화장이 무너졌고 그것을 수정할 필요가 있었을 것이다. 나는 그걸 알고 있었다. 그러나 알면서도 이해하지 못했다.

저 여자는 뭔데 너에게 손을 대는 것일까. 한 번, 두 번. 나는 그 여자의 손가락이 너의 입술 위를 스쳐지나가는 것을 보면서 물었다. 그건 정말 이상한 일이었다. 그 입술을 만지는 손가락이 내 것이어야 했기 때문이 아니라, 내가 아님에도 저 여자가 너무나 환하게 웃으면서 네 입술을 만지고 있었기 때문이다. 너는 나의 것인데 왜 내가 아닌 다른 누군가가 너를 사랑하고 있을까. 내가 아닌데도 왜 네 얼굴을 보고 웃는 걸까. 이럴 때면 나는

씨발

이라고 말하는 것 외엔 도리가 없다.

씨발.

*

　오늘은 정오에 사인회가 있고 늦은 오후엔 지방 행사가 있는 날. 나는 눈을 뜨자마자 너의 하루를 생각한다. 너는 지금쯤 머리를 하고 있겠지. 젖은 머리를 말리며 졸고 있을까, 아니면 누군가와 얘기하고 있을까? 내 머리를 정돈하며 너의 머리칼을 그린다. 모근 가까이 손을 넣고, 손가락 사이로 감겨드는 머리카락을 상상한다. 멀리 있어도 우리가 같은 일을 하고 있다는 건 참 좋은 일이다. 네가 바다뱀 무늬 같은 눈에 붓을 댈 때 나도 아이라인을 긋고, 네가 익은 자두를 베어 문 듯한 입술을 칠할 때 나도 립스틱을 바른다. 죽은 동물의 피로 적신 듯 붉게. 아름답게.

　너는 아침을 먹었을까. 오늘은 종일 일정이 있는 날이라 든든하게 먹어야 하는데. 직접 요리를 할 시간은 없으니까 아마 밖에서 사먹었겠지. 사먹는다, 라는 말을 생각하면 지나치게 양념이 많이 묻은 절인 야채나 뜸들일 새 없이 퍼올린 된밥이 떠올라서 나는 잠시 우울한 기분. 그렇지만 군것질거리로 끼니를 때우는 일보단 낫다. 굶는 것보단 낫다.

　어젯밤에 확인했을 때 당첨자 명단에 내 이름은 없었다. 그러나 나는 사인회 출근시간에 맞춰 집을 나섰다.

　m이 주말 오전엔 아르바이트를 해서 오늘 사인회는 나 혼자다. m과는 오후에 터미널에서 만나기로 했다. 지방 행사는 처음이어서 그런지 m의 메시지에서 숨길 수 없는 떨림이 묻어났다. 오늘

은 뭘 입을지, 몇 곡이나 부를지, 또 수록곡을 불러줬으면 좋겠다고, 틈틈이 오는 m의 메시지에 답장하며 나도 신이 났는데, 주차장에 모여 있는 사람들의 표정이 이미 상기되어 있는 걸 보고 기분을 잡쳤다. 오 분만 일찍 출발할걸, 후회했다.

이렇게 중간에 텀이 있을 때 나는 보통 근처 카페에 앉아 시간을 때웠다. 그러나 오늘은 간발의 차로 멤버들을 놓치고, 어쩐지 불안해져서 그냥 사인회가 끝날 때까지 기다리기로 했다. 주차장 주변에 모여 있는 카메라를 든 사람도, 휴대폰으로 크게 노래를 틀어놓은 사람도 모두 낯익은 얼굴이었다. 혼자 그들 주변을 맴돌며 내가 모르는 정보가 있나 엿듣고 있자니 시간이 금방 갔다.

한차례, 오늘 사인회에서 받은 선물이 차에 실리고 얼마 지나지 않아 네가 올라왔다. 이렇게 가까이서 본 건 오랜만이라 나는 새삼 네가 키가 크다는 생각을 했다. 그걸 알고 있다는 듯 허리를 숙인 채 차에 타는 너를 보며 목욕물을 긷는 여신의 등을 묘사한 긴 구절을 떠올렸다. 그 구절처럼, 정말로 너의 등뒤에서 절취선 같은 빛이 새어나와서 계속해서 너만 보고, 너를 부르는 소리만 들을 수밖에 없었다.

갸아아악—
밍그아악—
으아아악—

다른 멤버들은 웃어주는데, 오늘따라 너는 어두운 얼굴이다. 손을 흔들어주지도 눈을 맞추지도 않은 채 고개를 돌려 앉아 있다. 기가 죽은 사람들이 이름을 부르는 것을 멈췄다. 뭐야, 오늘 왜 저래. 몇몇이 불만에 찬 목소리로 중얼대는 것도 들렸다. 나는 아무 말도 하지 않았다. 한발 떨어져 차가 출발하는 것만 지켜봤다.

너는 아주 피곤하고 손이 저릴 것이다. 너는 이미 많은 돈을 지불하고, 운을 걸고, 충분히 너를 위해 무언가를 바친, 분명 나보다 아주 많이 바친 사람을 위해 시간을 쓰고 왔다. 그들은 많은 것을, 이를테면 손으로 하트를 그려달라고, 손깍지를 껴달라고, 애교를 부려달라고 요구했을 것이고 너는 일일이 그것에 응했지만 한편으로는 조금 피곤하다, 생각했을지 모른다. 그 피로, 넘치는 사랑을 받을 뿐인데도 느끼는 피로를 나는 이해했다. 너의 침묵을 이해했다.

멀지 않은 곳에서 너를 태운 차가 신호에 걸려 멈췄다. 몇몇 사람들이 빠르게 뛰었고, 순간, 나도 달려갈 뻔했지만 간신히 참았다. 나는 기다림이 습관이 된 사람이니 괜찮다. 오늘따라 울적한 너를 방해하고 싶지 않았다. 그리고 무엇보다,

기다리다보면 나에게도 너와 얘기할 순간이 올 테니까. 그때가 되면 나는 무슨 말을 할까? 사인회에 응모할 때마다 나는 너에게 할 말을 생각한다. 그리고 사인회에 떨어지면 그 말도 우수수 잊어버린다. 하고 싶은 말이 매일 바뀌기 때문이다. 너의 앞에서 내가 무슨 말을 할지, 그건 그날이 돼봐야 아는 일. 언젠가 내가 네 앞에 설 거라는 걸 나는 의심하지 않는다. 나는 언제나 그것을 느끼고 있다. 그러니까,

이 정도는 참을 수 있는 거야. 이 정도는.

*

행사가 끝나고 올라오는 길에 m이 문득 말했다. 나에게나, m에게나 오늘은 너무 긴 하루였으므로 우리는 둘 다 지쳐 있었다.

만옥씨.

네.

오늘 민규 진짜 귀여웠죠.

네. 늘 그런데 오늘은,

오늘은 더 그랬어요.

거의 기적처럼 느껴질 정도로,

귀여웠지요. 정말 이래도 되나 싶을 정도로. 보는 사람이 불안해질 정도로.

......

만옥씨.

네.

처음 민규랑 눈 마주친 날 생각나요?

네. 그런데,

......

다 까먹었어요. 너무 오래돼서. 너무 오래 만져보고 자주 들춰봐서 다 삭아버렸어요. 이젠 눈을 감고 기억을 더듬어봐도 검은 눈동자밖에 떠오르지 않아요. 거기로 그날의 모든 기억이 다 빨려들어간 것처럼.

그러자 m이 대꾸했다. 나는 m이 이 얘기를 하기 위해 운을 뗐다는 걸 알았다.

나는, 나는 또렷하게 기억나요. 처음 민규랑 눈을 마주쳤던 날. 〈더 쇼〉 때였어요. 끝나고 들어가는 민규를 누군가 크게, 돌아보지 않으면 안 될 정도로 크게 불러서 민규가 웃으면서 뒤를 돌아 손을 흔들었죠. 그러면서 팬석을 쭉 훑어보다가 나랑 눈이 마주쳤어요. 내 주변 열 명은 같은 생각을 했겠지만 나는 분명히, 나랑 마주친 거라고 생각해요. 왜냐면 그 순간, 세상의 모든 열매가 바닥으로 떨어지는 소리가 들렸거든요. 멀리선 길을 잃은 다이버를 고래 한 마리가 뭍으로 올려보내는 그런, 그런 밤이었어요.
……
춥네요.
엄청요.
어쨌든 그 순간을 떠올릴 때마다 새삼 놀라곤 해요. 민규랑 가까이 있는 사람들, 저 사람들은 어째서 살아 있을 수 있는 걸까, 하구요. 저런 애를, 저렇게 가까운 거리에서 보면 심장이 있는 대로 팽창해서 판막이 펑, 터져버릴 텐데.
그런데도 다들 잘 살아 있다니.
대단하다.

그러나 실은 나는 우리가 더 대단해요, 라고 말하고 싶었다. 멀리서 그들을 보며, 볼 수 있는 기회를 놓치면서도 죽지 않는 우리가.

*

새벽에 잠에서 깼다. 반은 흥분하고 반은 우울한 상태로 일어났다. 절반의 꿈속에 잠겨 나는 네가 이곳에 있다는 걸 알았다. 눈을 뜨면 분명히 너를 볼 수 있을 터였다. 내 방에, 왼편엔 화장대가 정면엔 옷걸이가 놓여 있는 작은 방에 네가 있을 거고, 너의 등으로는 가로등 불빛이 희미하게 비칠 터였다. 보지 않아도 나는 그것을 알 수 있었다. 냉장고 소리를 제외하곤 사방이 고요했다. 피부에 닿는 마른 이불이 거추장스러웠다. 나는 몸을 왼쪽으로 뒤틀었다. 여전히 남아 있는 너의 잔상을 되새기며 치솟는 감정을 해결하려고 했다. 나는 손을 팬티 속에 집어넣었다. 이불 아래 숨듯이 웅크리면서 그것이 사라지길 바랐고 나를 덮고 있는 것이 너의 젖은 피부이길 바랐다. 손가락으로 클리토리스를 두드리다가 허벅지에 힘을 주다가 문득 씻지 않은 손이 신경쓰여 잠시 멈췄다. 그러나 그런 것에 방해받을 수는 없었다. 나는 이미 멈칫하고 만 내 손에서부터 비롯된 어떤 비참함을 느끼며 다시 쾌감에 이르기 위해 노력했다. 나의 반은 잠에 취해 있었고 너의 반은 이곳에 와 있었다. 나는 점점 명확해지는 의식 속에서도 너와의 만남이, 이 순간이 이어지길 바랐다.

그을린 너의 몸을 떠올렸다. 벌거벗은 채로 내 옆에 누워 있는 너를. 내 침대 옆 좁은 구석을 비집고 누워 있는 너의 어깨는 나와 똑같은 볕을 받았는데도 혼자 갈색으로 물들어 있었다. 너의 피부가 한때 네 몸에 내리쬐던 빛을 담아두었다가 희미하게 방출하고 있었다. 나는 너의 입에 손가락을 집어넣고 너의 동굴 같은 입속을 탐험했다. 네가 자랑스러워하는 단단한 이를 쓸어내렸다. 거기에 살을 박아넣고 그로 인해 피를 흘리고 싶었다. 나는 온몸으로 튼튼한 네 뼈를, 부드러운 피부를 느꼈다. 그것을 핥았다. 코끝에선 단내가, 입안에선 부드러운 짠맛이 느껴졌다. 네가 내 등을 감싸고 온몸에 소름이 오스스 돋는 걸 느꼈다.

아침에 일어나 출근 준비를 하는데 간밤에 손의 청결을 걱정하던 일이 바보같이 느껴졌다. 스스로가 병신처럼 느껴져서 오래 세수했다. 머리를 빗고 있는데 초인종 소리가 들렸다. 보나 마나 그일 게 뻔해서, 나는 큰 소리로 욕을 했다. 나가는 길에 보니 문고리에 두유와 샌드위치가 담긴 봉지가 걸려 있었다. 나는 그걸 들고 일을 하러 갔다.

*

꿈속에서 너와 나는 바닷가를 오래 산책했다. 날씨는 흐렸고 해안에는 죽은 것들이 많이 밀려와 있었다. 정박한 배들을 보다 너는 이곳에선 모든 것이 빠르게 삭아버린다고 했다. 나는 그렇다면 더욱더 이곳에 오래 머물고 싶다고 말했다. 너와 나를 빼곤 아무것도 없는 꿈. 어떤 상징도 없는 아름다운 꿈이었다.

요즘은 영화를 많이 본다. 음악도 많이 듣는다. 그것이 어떤 것이든, 사랑하고 있는 이들에 관한 거라면 모두 너와 나의 이야기처럼 느껴진다. 오늘 본 영화에선 서로 사랑하는 두 명의 흡혈귀가 나왔다. 그들의 세상을 정지하게 하고, 그들의 고개를 뒤로 젖히는 것은 다름 아닌 피를 마시는 일이었다. 나는 그것이 이상하다고 생각했다. 설령 피를 마시는 인간일지라도, 나는 언제나 키스만을 갈구할 것이다.

*

한 남자가 있다. 그는 가난하지만 아름다운 사람이었다. 그가 레스토랑 앞에 서 있으면 주인이 음식을 대접하고 점원이 재킷을 벗어줬다. 꽃집 아이는 장미를 건네주고 아가씨들이 머리에 맨 리본을 풀었다. 그가 단 한 번 곁을 스쳐지나갔을 뿐인데도 거리의 모두가 그를 그리워했다. 바람에 날리는 그의 머리칼을, 그의 신발 밑창이 닳는 소리를 간절히 원했다.

그런 것이 가능한 사람이 또 있다면 나는 그게 너라고 생각한다. 바닥이 없는 우물 같은 눈동자, 밤새 짠 비단 같은 머릿결, 커스터드 크림이나 흰쌀죽 안의 노른자 같은 머리색과 쌓인 눈에 발자국을 찍고 도망간 새의 발처럼 붉은 너의 뺨을 생각한다. 아니 이건 모두 틀린 표현. 단 하나의 보석 같은 너의 눈동자를 생각한다. 열두 가지 풍경을 수놓은 것 같은 너의 머릿결을 생각한다. 도자기에 담긴 바나나 크림이나 방금 짠 레몬즙 같은 너의 머리색을 생각한다. 피를 섞은 우유 같은 너의 뺨을 생각한다. 나는 거기에 입을 댄다. 나는 그것을 마신다……

나는 절망했다. 너를 갖길 원하지만 너를 말하지도 못해서 절망했다. 뭘 팔아야 너를 가질 수 있을지 몰라 절망했다. 나는 몇 가지 귀중한 것을 가지고 있다. 그렇지만 네가 그것을 원할지 알 수 없다. 기억이나 추억을 내놓을 수가 있을까. 그것은 사람을 죽이기도 살리기도 한다. 이야기 속에선 어떤 보석보다 소중하다. 그렇지만 그걸 판다고 너를 가질 순 없다. 아무리 찾아봐도 내겐 네게 줄 것이 없다. 너에게 줄 만한 귀한 것이 없다.

밥을 먹으면서 이런 생각을 하고 있자니 코끝이 아렸다. 그러나 울진 않았다. 밥을 먹으면서 우는 일은 눈물의 진정성을 보여주기 위한 퍼포먼스 같다. 밥을 먹는 것도, 눈물을 흘리는 일도 인간의 일이라는 퍼포먼스. 실제로 밥을 먹으며 우는 사람을 보면, 밥을 먹는 건 가치 있는 행동으로 보이는 반면에 눈물을 흘리는 건 자기 연민처럼 보인다. 눈물이 우스워지는 걸 나는 참을 수 없다. 울 때는 눈물에 집중해야 한다. 우는 일은 언제나 그 자체만으로 존재해야 한다. 그래야만 자기 연민을 짧게 끝낼 수 있다.

너를 사랑하면서 나는 너로 인해 추해질 순 있어도 스스로를 위해 추해지는 건 멈추기로 했다. 너를 사랑하는 것만으로 나는 귀한 사람. 나를 굴복시킬 수 있는 건 오로지 너뿐. 나는 세수를 하고 먹던 밥을 치우고 설거지를 했다. 바닥을 닦고 보풀제거기로 울 스웨터를 정리하며 노래를 불렀다. 기분이 좋다. 견디지 못할 것은 없다. 너를 사랑한 이후로 나는 매일 즐겁다.

*

싱크대에 서서 감을 깎아 먹었다. 올해는 과일이 풍년이라, 이만오천원을 주고 산 한 박스를 이 주도 안 돼 다 까먹을 판이다. 초인종 소리가 들리고 잠시 뒤, 비밀번호를 누르고 그가 들어왔다. 비닐봉지를 들고 들어오다가 칼끝으로 스스로를 겨누고 있는 나와 눈이 마주쳤다.

칼.
봉지를 내려놓으며 그가 말했다.
그렇게 좀 하지 마.
뭘.
칼로 찍어 먹지 말라고.
니가 뭔 상관이야.

평소와는 달리 그가 팍, 비닐봉지를 내던지고 밖으로 나갔다. 나는 화가 난다기보단 웃음이 났다. 아무도 그에게 나를 돌보라고 명령하지 않았다. 그를 제외하곤 아무도 그걸 원하지 않았다. 아무도.

*

　그가 나를 좋아하는 이유는 다음과 같다. 그는 내가 낡은 가방을 들고 다니면서도 기죽지 않아서 좋아한다. 말수가 적어서 좋아한다. 자기의 말을 조용히 들어줘서, 무언가를 요구하지 않아서 좋아한다.

　웃기는 소리.

　그가 말한 낡은 가방은 일본 옥션에서 사십오만원을 주고 산 빈티지다. 내가 말수가 적은 건 그에게 말을 하는 일에다 에너지를 낭비하기 싫어서다. 내가 그의 말을 듣기만 하는 건 딴생각을 하느라 마땅히 대꾸할 말을 찾지 못해서다. 내가 그에게 뭘 원하거나 요구하지 않는 것은 모두 그를 거절한다는 저항의 표시다.
　나는 그가 가방이나 신발 따위로 사람의 가치를 재는 인간이라 싫다. 나는 그가 상대방의 얘기는 듣지도 않은 채 자기 얘기만 하는 폭력적인 사람이라 싫다. 나는 그가 원치도 않고 처치 곤란한 애정을 주는 사람이라 싫다. 거부를 거부로 받아들이지 않는 사람이라 싫다.
　그러나 그는 계속해서 헛다리를 짚는다. 여전히 나를 '포기'하지 않은 채 냉장고를 채워주고 저녁을 차려주고 음식물쓰레기를 버려준다. 나는 배가 고프지 않으니까 옷에 냄새가 배는 게 싫으니까 그의 손이 닿은 것이 달갑지 않으니까 음식물쓰레기 봉투가 아직 꽉 차지 않았으니까 그의 행동에 화가 난다. 나를 위해서라면 라면 끓이는 정성으로 탈취제를 사오는 게 낫다는 걸 그는 모르고 있다. 그는 나를 의도적으로 오독한다.

술을 많이 먹은 그날도 그랬다. 그가 뜬금없이 나를 사랑한다고 했을 때, 나는 남자친구 있는데, 라고 대꾸했다.

뻥치지 마. 남자친구 없잖아.

그가 믿지 않아서 나는 사진을 보여줬다.

……연예인이잖아.

응. 그리고 내 남자친구지.

뭔데. 장난하냐.

아닌데. 장난으로 보이냐? 남자친구도 아닌데 미쳤다고 사진을 오백 장이나 저장하냐? 난 이것 때문에 다른 앱도 못 깔아서 셀카도 안 찍어. 갤럭시 기본 카메라 얼마나 후진지 알지? 알았으면 꺼져.

이것이 벌써 작년의 일. 그러나 그 이후로도 그의 태도엔 변함이 없다. 이로써 그가 내 얘기를 듣지 않는 것이 더 분명해졌다. 내 말도 듣지 않으면서 그가 도대체 나와 어떤 관계가 되고 싶어하는 건지 알 수 없다. 친구? 애인? 아니면 단순히 하인이 되고 싶은 걸까? 복종하고 싶은 걸까? 가끔은 그가 나를 떠올리며 자위쯤은 하겠거니, 하는 생각이 들 때도 있다. 하지만 그건 단지 생각일 뿐이다. 만약 그가 실제로 그러는 걸 본다면 정오의 곱창집에서처럼 내장을 뒤집어 박박 씻고 싶어질 것이다.

내가 그 앞에서 무슨 짓을 하든 그는 나를 찌개를 떠먹는 천사처럼 본다. 그는 내가 현명하고 아름다우며 다른 여자들과 다르다고 말한다. 뻔한 표현에 기가 찬다. 그는 자기와 나 사이에 운명이 있다고 믿는다. 나의 사랑을 병으로 보고 자기가 치유할 수 있다고 믿는다.

나는 그가 말하는 운명이 뭔지, 그가 말하는 다른 여자가 어떤지도 모른다. 그는 망가졌다. 그는 사람을 좀 만나야 했다. 자기한테 진실을 말해줄 수 있는 사람. 그러니까 그를 조롱하거나 우습게 만들어서 아, 씨발 뭔가, 잘못돼도 단단히 잘못됐구나 깨닫게 해줄 사람을. 나는 문득 m을 떠올린다. m이라면, 두 눈을 위로 치켜뜨고 도대체 왜 그러세요, 라며 그를 난처하게 하겠지. 어쩌면 뜬금없이 노래를 불러 그를 당황시킬지도 모른다. 그런 생각을 하니 웃음이 난다.

요즘 나를 웃게 하는 것은 민규.

그다음이 m이다.

*

누구에게도 말하지 않았지만 실은 민규에게 쓴 몇 통의 편지가 있다.

*

　오늘따라 네가 너무 멀리 있는 것처럼 느껴져서, 아무 소리도 들리지 않을 유리벽 너머의 네가 손을 흔들어주는 게 무슨 의미가 있나 싶어서 나는 인사를 받으면서 잠시 슬퍼졌다. 민규야, 너는 왜 말이 없고 멀리 있어?

　그러나 내가 바란 건 답이 아니다. 너에게 묻는 모든 것은 의문이 아닌 투정. 네가 유리 안에 있는 사람이라면, 혀끝에 맴도는 이름이라면 나는 그것만으로도 족했다. 내겐 아직 쓸 만한 눈과 너를 담을 마음의 공간이 있었다. 네 앞에서 몇 번이고 터질 심장과 그걸 꿰맬 손이 있었다. 네 앞에서 꿇을 무릎, 녹아 사라지길 바라는 다리가 있었다. 무엇보다 내가 아직 너를 기다리길 원했다. 내가 너를 기다렸으니까.

　뒷문으로 갔나보다. 투덜거리며 떠나는 다른 팬들 사이에 끼어 있다가, 불이 꺼진 방송국을 보는 걸 마지막으로 m과 나도 등을 돌려 나왔다. 거리엔 가로등이 빛나고, 도로는 한없이 펼쳐져 있어 그 끝이 궁금한 밤이었다. 문득 걷고 있는 우리 곁으로 차가 스쳐갔고, 빛이 지나간 자리 위로 눈이 쏟아졌다. m이 신이 난 듯 따라 뛰며 말했다. 영화 찍는다! 영화! 만옥씨 보셨어요? 나도 웃으며 m과 같이 소리를 질렀다.

　밤이 깊었고 얼마 뒤면 진짜 눈이 내릴 터였다. 그러나 흩날리는 가짜 눈을 맞으며 나는 아름다운 것엔 언제나 속아도 좋다고 생각했다. 차갑지 않고 아름답다면 그게 더 나은 건지도 몰랐다.

간신히 탄 지하철이 두 정거장을 남겨두고 끊겨, 고민하다가 집까지 걸어갔다. 문을 열고 불을 켜니 침대 모서리에 걸터앉은 그가 보였다. 순간 짜증이 확 났고, 동시에 알아버리고 말았다. 오늘이 그의 생일이라는 걸. 그의 생일이 언제인지 외우진 못했지만 그런 것 따위, 분위기를 보면 알 수 있었다.

나는 말없이 재킷을 걸었다. 그의 생일이건 아니건 상관없이 나에겐 오늘의 피로를 벗는 일이 더 중요했다. 그가 아무 말 없는 나를 보다가 갑자기 고개를 숙였다. 손에 얼굴을 묻고 억누르듯 말했다.

왜 그래.
……
어, 왜 그러고 사냐고.

뭐라고 말해야 할까. 응, 민규한테선 향기가 나거든. 민규는 기분이 좋을 때는 콧등을 한껏 찡그리면서 웃거든. 어깨동무하는 걸 좋아하고 모든 사람한테 다정하거든. 언제나 방긋방긋 웃어서 기분이 좋지 않은 날은 어떨까, 그런 날엔 어떤 생각을 하며 하루를 버틸까 궁금하게 하거든. 손이 유난히 커서 이마의 땀을 닦을 때면 다른 사람 손을 빌려 닦는 것 같거든. 언제나 말을 꺼내기 반박자 전에 숨을 훅 들이마시는데 그때마다 콧구멍이 벌름거리거든. 우스운 얘기를 들으면 울듯이 웃거든. 바닥에 주저앉기도 하거든.

다르게 말해볼까? 민규의 콧김에선 사과향이 나거든. 웃음은 뭉그러진 과일에서 쏟아져나오는 개미들 같거든. 민규가 서 있으면 빛이 쏟아져서, 낮인지 밤인지 헷갈리거든. 속눈썹에 찔려서 약도 쓰지 못하고 죽었으면 좋겠다고 생각하게 하거든. 열등감이 없거든. 매번 나를 웃게 하거든.

나는 또다시 부족한 설명에 절망했다. 어느 것도 민규를 제대로 말하고 있지 않았다. 나는 궁금했다. 나는 묻고 싶어졌다. 눈앞의 그에게라도, 어떻게 민규를 말해야 하는지 묻고 싶어졌다. 그러나 나는 아무 말도 하지 않았다. 아무 말도 할 수 없었다.

그가 바닥에 앉아 울었다. 주먹을 쥐고 울었다. 웃는 것처럼 입을 주욱 벌리고 꺼꺼꺼꺼, 눈물을 떨구며 울었다. 나는 그것이 사랑스럽거나 가슴 아프지 않았다. 그냥 당혹스러울 뿐이었다. 자기 연민 하는 사람은 질색. 그보다 민규가 아닌 건 다 질색. 그러나 그를 달래는 것 외엔 도리가 없었다. 달래기 위해 이름을, 부르는 수밖에 없었다.

왜 그래.
왜 그래, 민규야.

그의 이름은 옥돌 珉 자에 별 이름 奎 자를 쓰는 珉奎.
그에겐 오로지 그 이름밖에 없어
나는 그것을 부르는 걸 피할 수가 없었다.

3부

너를 처음 봤던 날이 생각난다.

제 이름은 만옥이에요, 라고 네가 말했다. 너와 어떤 관계가 되리라는 것도, 사이가 얼마나 지속될 건지도 알 수 없었다. 내가 그 모습을 잊지 말아야지, 하고 생각한 것도 아니었다. 그날 너의 모습이 또렷하게 기억나는 건, 너의 이름과 네가 입고 있던 옷 때문이다. 나는 평소에 다른 사람을 잘 기억하는 편이 아니다. 그러나 그날 네가 입은 연분홍색 폴라티와 코르덴 스커트는 선명하다. 그런 차림을 한 사람을 오랜만에 봤고, 그 모습이 어쩐지 주머니에 손 넣고, 감기 걸려, 라는 잔소리를 듣고 나온 어린애 같았기 때문이다. 정확히 이 년 뒤, 그날 네가 입은 옷이 유행하기 전까지 나는 네가 이상하게 옷을 입는 사람이라고 생각했다. 지금은 누구보다 네가 아름다운 것에 민감한 사람이라는 것을 안다.

이름을 말하고 너는 머리를 획, 젖혔다. 세련된 이름은 아니었다. 숙자, 말자, 애자 그런 이름보다 나았지만 만옥이라는 이름에는 어딘지 촌스러워 듣는 사람을 멋쩍게 만드는 느낌이 있었다. 그렇지만 아는 사람이라면 구제라기보다는 빈티지라고 부를 법한 이름. 먼지가 쌓이지 않게 색이 바래지 않게 공들여 관리한 느낌이 있어 예쁘다, 라고 말하는 순간 정말로 예뻐 보이는, 그렇게 되고야 마는 이름이기도 했다.

나는 이런 말을 꺼냈다.

그게, 장 콕토 소설에 보면 아가트라는 이름이 나오는데, 그 아가트가 참, 구슬 같은 이름이거든요. 세상에서 가장 아름다운 시에 나오는 쾌속범선, 그러니까 프레가트랑도 운이 딱 맞는.

네?

그러니까, 만옥이라는 이름은 참 구슬, 구슬 같은, 프랑스어로치면 아가트 같은, 그런 이름인데,

나는 말을 더듬거렸다. 너의 말대로 수선할 수 있는 옷과 없는 옷이 있다면, 이때부터 우리가 수선할 수 없는 관계가 된 게 아닐까 하고 나는 생각한다. 그걸 팔지도, 버리지도 못한 채 나는 지금까지 끌어안고 있다. 붉어진 내 얼굴을 보며 네가 황당하다는 듯이 말했다.

저 프랑스어 모르는데요.

나는 왜 그런 말을 했을까. 그냥 예쁘다고 하면 됐는데.

그러나 다시 너를 만나도 나는 같은 말을 할 거라는 걸 안다. 만옥은 만 가지 옥이라는 뜻. 다른 한자를 쓴다면 가득찬 보배라는 뜻도 넘쳐흐르는 보배라는 뜻도 돼서, 아직도 만옥, 이라고 부르면 먼저 작고 예쁜 구슬이 생각난다. 그 구슬이 바닥으로 떨어져 주울 수 없는 곳으로 굴러가는 것을 본다. 그날 너는 내 이름을 물어보지 않았다.

*

네가 죽은 뒤 내겐 많은 것이 남지 않았다. 너의 책과 듣고 난 뒤 고스란히 간직하고 있던 CD는 주변 사람들이 가져갔다. 이불과 옷가지는 태웠고, 식기는 땅에 묻었다. 그러고도 남은 건 용달차가 실어가고, 나의 몫은 훔치듯 가져온 몇 통의 편지와 코르덴 스커트뿐이다. 네가 죽을 것을 누구도 예상하지 못했을 텐데. 일이 너무 빠르게 진행되어서 나는 조금 어지러웠다.

모든 것이 정해진 대로 놀아났다. 한 솥에신 육개장이, 다른 솥에선 흰쌀밥이 데워지고 있었다. 나는 그걸 떠서 끼니때마다 양껏 먹었고 담배를 많이 피웠다. 술은 마시지 않았다. 장례식장 한편에는 너의 가족들이 둘러앉아 있었다. 나는 그곳에 갈 수 없었다. 내가 낄 자리가 아니었고 둘러앉은 가족들에겐 뭐랄까, 일종의 장벽이 쳐진 듯했기 때문이다. 거기엔 갑작스런 비극 앞에서 허둥대는 몸짓이 아니라, 어떤 예감—심지어는 비통하다고조차 할 수 없는 확신에 찬 몸짓이 있었다. 경찰에게 둘러싸인 채 마지막 침묵을 곱씹는 범인과, 푼돈으로 도박을 하며 시간을 죽이는 사람들의 지루함이 있었다. 너의 가족들은 번거롭게 몸을 움직이지 않았고 필요한 일은 상조회사 직원들이 처리하고 있었다. 너의 어머니의 얼굴이 딸의 죽음 앞에서 너무나 희어 푸르기까지 하다고 나는 생각했다.

장례식이 끝나고, 대기실에서의 짧은 기다림 끝에 자기에 담겨 나온 너를 뒤로하고 나는 돌아왔다. 집에 도착해서 문을 열자 건조하고 푹신한 냄새, 조금씩 천을 갉아먹는 곰팡이 냄새가 났다. 나는 고여 있던 방안의 공기를 깊게 들이마셨다. 바닥에 주저앉자 눈물이 났다. 너에게 미안하게도 이제야 쉴 수 있을 것 같다는 생각을 했다.

샤워를 마치고 네가 남긴 편지를 집어들었다. 네가 살아 있는 동안엔 있었는지도 몰랐던 글이었다. 나는 네가 나를 막는 것만 같아서, 그러니까 네가 자주 했던, 모서리에는 귀신이 앉아 있대, 라는 말이 생각나고 네가 그 불편한 틈에 쪼그리고 나를 보는 것만 같아서 한참 동안 봉투를 뜯지 못했다. 나는 차라리 잠을 잘까 싶었다. 나흘 동안 나는 제대로 잠을 자지 못했다. 내게 필요한 건 짧지만 양질의 잠이었다. 약국에서 사온 수면유도제를 보며 망설였다. 그 알약이, 얼마나 효과가 있을지 알 수 없었다. 그러다가 너를 제외한 모든 귀신이 밀어낸 것처럼 편지에 손을 댔다. 귀신이 들기에도, 내가 들기에도 너무 무거웠다.

너의 편지에는 받는 사람의 이름이 적혀 있지 않았다. 그럼에도 나는 그것이 누구를 위한 것인지 알았다. 실은 너의 자취방에서 몰래 봉투를 집어든 순간부터 알고 있었다. 네 장의 편지는 그리 길지 않았다. 그러나 다 읽고 일어나니 머리맡에 놓여 있던 햇빛이 발치까지 늘어진 걸 볼 수 있었다. 잠시 눈을 감고

내가 아는 너에 대해 생각했다. 너는 학교에 다닐 때는 열심히 학교에 다녔고, 직장에서는 열심히 일했고, 잠깐 고양이를 키우기도 했다. 나는 네가 채 두 달이 못 되어 집을 나간 고양이를 그리워한다는 걸 알았고, 고양이 밥그릇으로 쓰던 사기그릇을 다시 국그릇으로 썼다는 걸 알았다. 너는 때론 집 앞 비디오가게에서 몇 권의 만화책을 빌려 보기도 했으나 완결까지 보는 경우는 드물었다. 유행하는 영화는 반드시 챙겨 봤지만 나중에 누가 묻기 전까진 그걸 봤다는 사실조차 잊고 있는 경우가 많았다. 그것이 내가 알고 있는 너의 전부.

아니, 이것은 거짓말. 나는 네가 신경이 날카로울 때면 말없이 장판의 얼룩을 쏘아본다는 걸, 싱크대에 선 채 과일을 깎아 먹는 걸 좋아한다는 걸, 옷에 냄새가 밸까봐 방안에서 밥 먹는 걸 꺼릴 정도로 옷을 아낀다는 걸 알았다. 너의 팔다리가 움직이는 모양새를 알았다.

그러나 나는 이 모든 것을 알고 있다고 말하기보단 언제나 나에 대해 너에게 알려주고 싶어서 조바심을 냈다. 너는 관심도 없는 〈이마 베프〉나 장 피에르 레오, 앙투안 연작에 대해 얘기했고 너에게 사랑을 받고 싶은 건지 경멸을 받고 싶은 건지 나 스스로가 헷갈릴 정도로 떠들었다. 그것이 잘못된 일이라는 걸 알면서

도 멈출 수 없었다. 그랬으니 네가 나에 대해 아는 것이, 고작 '내가 아는 천의 종류가 다섯 가지도 안 된다'는 것에 불과했던 것을 서운해할 이유는 없는 거다. 그건 모두 나의 잘못이었으므로. 그보다 내가 아쉬워하는 것은 이런 거다.

너는 일생을 사랑하는 걸 취미로 삼은 사람이었다. 본 영화도 읽은 책도 들은 음악도 많지 않았지만 사랑만은 지치지 않고 꾸준히 했다. 어느 날 고통에 못 이긴 듯 네가 이렇게 중얼거렸다. 더이상 사랑하고 싶지 않아. 병이야. 그러나 내가 너의 병이 된 적은 없었다. 너의 병이 나만은 비껴갔다. 나는 이것이 두고두고 서운했다.

*

나는 내가 알지 못한 너를 알길 원했다. 내가 m과 만난 것도 그래서다. m의 이름을 알지 못했더라면, 나는 방송국 앞에 서서 지나가는 사람을 붙잡고 혹시 만옥을 아세요, 라고 물을 생각까지 했다. 그러나 다행히도 나에겐 내가 모르는 시절에 너를 알고 있는 m의 이름이 있었다. m을 찾기 위해 나는 SNS를 뒤졌다. 나는 m이란 이름의 모든 계정에 들어가 프로필을 확인하고 네 또래인 여자 대학생들에게 혹시 만옥을 아냐고, 물어봤다. 운이 좋게도 쪽지가 백 통이 되기 전에 진짜 m을 찾을 수 있었다. 한 사람이 안다고 답을 해와, 친구 신청을 해서 확인해보니 꽤 예전 게시물 중 N 그룹에 대한 글을 확인할 수 있었다. 그제야 나는 그녀가 너의 기록 속에 남아 있는 m이라는 걸 확신했고 너의 죽음과 그 밖의 것을 설명한 뒤 만났으면 좋겠다고 청했다. 거절할 수도 있었을 일을 m은 흔쾌히 수락했다.

m과 상암동에서 만났다. 상암동은 많이 변해 있었다. 예전에는 아파트 단지들만 줄지어 있던 이곳은 서울이라기보단 수도권 외곽의 위성도시 같았다. 그러나 지금은 방송국과 대기업이 들어와 있었고, 평일 대낮에도 사람이 북적거렸다. 건물은 무서울 정도로 거대하고 인간은 작아서, 나는 누군가 인공으로 만든 도시의 일부가 된 것 같은 느낌을 받았다. 거리를 오가는 사람들도 누군가 프로그래밍해둔 것 같았다.

커피숍에 앉아 m을 기다렸다. 많은 사람이 오갔지만 나는 문을 벌컥 열고 들어오는 한 여자를 보는 순간 그녀가 m이라는 걸 단번에 알 수 있었다. m은 손이 길고 키가 컸다. 긴 손가락은 자벌레류의 곤충 같았고, 검은 구두 위로 드러난 발등의 뼈가 유난히 도드라져 있었다. 그러나 m과 헤어지고 난 뒤 내게 남은 인상은 m의 생김새보다 그녀의 뛰는 듯, 걷는 듯 하던 걸음걸이였다. 라테를 시킨 뒤 한동안 가만히 있던 m이 불쑥 말을 꺼냈다. 그러니까,

만옥씨가, 죽었다고요.

네.

그 이야기 듣고 놀랐어요. 알려주신 사고 얘기나 장례 얘기나 그런 걸 들어도 실감이 나지 않아서. 우리가 가까운 관계였다곤

할 수 없고 이미 서로 안 본 지도 오래되었지만 그래도 알던 사람이 떠나는 건 드문 일이라서.

......

당황스럽기도 하고, 뭐라고 해야 하나.

......

......

......

고생하셨어요.

아니에요.

음, 그러니까 민규씨가,

m은 마치 그와 사랑에 빠진 만옥이 그랬던 것처럼 내 이름을 말하길 주저했다.

죄송해요. 저, 그 이름이.

알고 있어요. 괜찮습니다.

그래요, 민규씨는, 만옥씨의 친구고요.

그렇죠. 친구라고 할 수 있죠. 단지,

단지?

아녜요. 단지, 그렇게 가깝지는 않은, 그런.

m이 그 말에 고개를 끄덕였다.

그랬군요. 어쩐지. 만옥씨랑 같이 다니면서, 죄송해요. 한 번도 민규씨에 대해 들어본 적이 없어서요. 이름이 같으니까 한 번쯤은 얘기했을 법도 한데.

잠시 침묵이 흘렀다. m이 인장을 새기듯 머그잔을 돌리며 라테를 마셨다. 그걸 보자 문득 m과 내가 다른 사람 눈엔 어떤 사이처럼 보일지 궁금했다. 제가 오늘 m씨를 뵙자고 한 건, 갑자기 침묵을 참을 수 없어서 내가 운을 뗐다.

그 이야기를 말씀해주실 수 없으신가 해서예요.

네?

그러니까 만옥을 처음 만난 날부터, 아마 만옥은 그 이전부터 따라다녔을 테지만, 적어도 m씨가 함께한 이후부터 만옥과 같이, 공개방송 다니면서 했던 얘기들이나 남아 있는 기억들이나, 그날 찍은 사진 같은 것들. 그런 걸 알려주실 수 없으신가 해서요.

저는 괜찮은데. 아실지 모르겠지만, 저는 벌써 예전에 N 그룹을 따라다니는 걸 그만뒀어요. 그렇게 오래 좋아한 것도 아니구요. 그러니까 제 얘기는, 이미 너무 오래된 얘기고 만옥씨와 만난 것도 짧은 순간에 불과하다는 건데. 그래도 제 얘기를,

제 얘기를 듣고 싶으세요? 라고 m이 물었다.

나는 고개를 끄덕였다.

아주 짧은 기간 동안의 얘기도 괜찮으시다면, 이라고 다시 m이 말했다.

도와드릴 수는 있지요. 더 이상 N 그룹을 좋아하지는 않아도요. 나는 그들로 인해 기록하는 것이 나의, 아니 망각하는 모든 인간이 해야 할 저항이라는 걸 알았고, 설령 망각에 패배하더라도 우리의 의무라는 걸 알았거든요. 또 복잡한 세상에서 한 아이돌 그룹의 한철과 그 시절 팬의 일상은 아무도 중요하게 생각하지 않지만 그래서 더 기록해야 한다는 것도요. 다행히 나는 만옥씨를

만나는 도중에 이런 생각을 했고 더 희미해지기 전에 이전의 것
도 적어야겠다는 생각에 내가 공개방송에 간 첫날, 그러니까 만
옥씨를 처음 만난 순간부터 기록을 했어요. 처음엔 짧았지만 점
차 길게. 그것은 나의 언어로 적혀 있어 이해하기 어려울 수도 있
지만 사진이나 영상처럼 비교적 객관적인 자료도 남아 있으니 괜
찮을 거라고 봐요. 그리고 무엇보다,

　무엇보다, 라고 m이 잠시 멈춘 뒤 말을 이었다.

　기록은 다른 사람과 나눴을 때 더 의미가 있으니까요. 그것을
알고 싶어하는 사람이 누구인지를 떠나서.

*

　며칠 뒤 m과 나는 다시 그 자리에서 만났다. 우리집에서 상암
동까진 거리가 멀어 일찍 출발했는데도, 카페에 도착하자 통유리
안으로 앉아 있는 m이 보였다. m의 카푸치노엔 이미 반쯤 거품
이 꺼져 있었다. 약속시간에 늦지 않았음에도 나는 미안한 마음
이 들어 m에게 사과했다. 그러자 m은 괜찮다며 미리 와 있는 것
은 팬의 오래된 습관, 이라며 덧붙였다.

　흔히 팬들을 오빠 쫓아다니는 애들이라고 하는데 그건 잘못된
표현이에요. 정확히 말하면 오빠를 쫓아다니는 애들이 아니라 오
빠보다 먼저 가 있는 애들이지요. 오빠들이 출근하는 모습을 보
기 위해서, 오빠들이 아침에 눈을 뜨고 미용실에 가서 머리와 화

장을 하고 방송국에 오기까지의 모든 시간을 상상하며, 팬들 역시 눈을 뜨고, 단장하고, 아침도 거른 채 일찍 집을 나섭니다. 멤버들이 방송국으로 들어가는 시간은 찰나지만 그 찰나를 놓치면 말 그대로 종일 우울해지니까요. 미리 가서 멤버들을 기다리고 있는 거지요. 그렇다고 그게 억울하거나 하진 않아요. 우리와 마찬가지로 멤버들도 피곤을 이기지 못한 상태로 화장하고, 머리한 뒤 출근할 테니까.

제가 좋아하는 만화 대사 중에 이런 게 있어요. 중간에 말이 엇갈려 남자애와 여자애가 서로 다른 장소에서 기다리는 상황이죠. 뒤늦게 약속 장소가 바뀐 걸 안 남자애가 오래 기다린 여자애에게로 가 미안하다고 말해요. 그때 식은 커피를 앞에 두고 여자아이가 이렇게 대꾸하죠. 기다리는 시간도 데이트의 일부잖아. 데이트 시간은 길면 길수록 좋은걸.[6]

데이트의 일부. 얼마나 멋진 말인지 아시겠어요? 그런 의미라면 우리가 그들을 기다리는 시간도, 또 그들이 멋진 모습을 보여주기 위해 준비하는 시간도 모두 데이트의 일부가 아니겠어요. 그럼 기다리는 시간이 길어지면 길어질수록 나는 더 오래 데이트를 하는 사람이 되는 거지요.

그렇지만 우리의 만남은 데이트가 아니었기에 나는 미안해서 m에게 호두타르트 한 조각을 샀다. 데이트 운운한 것이 무색하게 m은 그걸 사양하지 않고 크게 잘라 다섯 번에 나눠 먹었다. 타르트를 오물오물 씹으며 m이 말을 꺼냈다.

그러니까, 이게 제가 지난번에 민규씨랑 헤어지고 나서 정리한 거예요. 그해의 N 그룹은 봄에 데뷔해서 두 달, 가을에 컴백해서 두 달, 이렇게 공식적으로는 사 개월을 활동했지요. 내가 만옥씨와 만난 건 가을의 두 달이구요. 음악방송뿐만 아니라 행사나 팬 사인회, 비공개 스케줄까지 만옥씨랑 갔던 곳은 모두 정리했어요. 만옥씨랑 내가 처음 만난 날부터 마지막으로 보았던 날까지요. 그때는 만옥씨랑 자주 만난다고 생각했는데 이렇게 보니 무척 적네요. 멤버들을 하루라도 안 보면 안 될 것처럼 고통스러워했지만, 막상 실제로 본 건 열 손가락도 채우지 못하네요.

m이 내민 종이엔 이런 게 적혀 있었다.

09. 07. 월요일 SBS 〈인기가요〉 사전녹화 등촌동 사옥

09. 09. 수요일 MBC MUSIC 〈쇼! 챔피언〉 본방송 일산 MBC 드림센터

09. 19. 토요일 일산 호수공원 가을 코스모스축제(행사)

09. 22. 화요일 SBS MTV 〈더 쇼〉 본방송 상암 SBS프리즘센터

09. 26. 토요일 광진구 청소년 한마당축제(행사)

10. 06. 화요일 SBS MTV 〈더 쇼〉 상암 SBS프리즘센터

10. 17. 토요일 속리산 가을 단풍축제(행사)

10. 27. 화요일 SBS MTV 〈더 쇼〉 상암 SBS프리즘센터

이게 다인가, 싶어 당황한 내게 m이 설명했다.

제가 그때 기록한 글은 지나치게 사적인 거라 보여드릴 수 없어요. 대신 제가 구할 수 있는 사진이랑 영상, 그리고 그날 있었던 일 중에 기억나는 걸 얘기해드릴게요. 궁금한 게 있으면 물어보시구요. 자료는 필요하면 더 찾아보셔도 되고. 근데 이 정도면 충분하겠죠.

m이 노트북에 외장하드를 연결해 자기가 모은 자료들을 보여줬다. 거기엔 m이 오래전에 그만두었다고 한, N 그룹에 대한 자료가 정리되어 있었다. 한눈에 봐도 정성 들인 티가 났다. m이 그중 첫번째 폴더를 열었다. 첫번째 날과 관련한 자료는 출퇴근길의 모습을 담은 몇 장의 사진과 무대 영상이 전부였다. m이 영상을 틀고 일시 정지시킨 뒤 말했다.

보세요. 이게 이날 사진. 보시는 것처럼 남색 차이나칼라 의상을 입고 회색으로 포인트를 준 날이에요. 이날은 사전녹화 날이라 월요일에 미리 촬영을 했어요. 선착순 150명을 받았고 저는 137번, 만옥씨는 138번이라서 우리가 처음 앞뒤로 나란히 선 날이지요. 제가 먼저 만옥씨에게 말을 걸었는데 혹시 화장실이 어딘지 아냐는 질문이었어요. 만옥씨는 근처에 있는 상가건물을 가리키며 저기에 문이 열려 있을 테니 한번 가보라고 했지요. 그러나 휴지는 없을 수도 있다며 처음 본 내게 휴지를 주면서 자리를 맡아주고 있을 테니 얼른 다녀오라고 했죠. 공지된 입장시간보다 빨리 들어가게 될 수 있다고. 허겁지겁 화장실에 찾아가면서도 정말 친절한 사람이구나, 라고 생각했던 기억이 나요. 원래 그런 데가면 우리는 단지 팬이라는 이유만으로 금세 친해지고 서로에게 다정하게 구는 편이긴 한데 유독 만옥씨는 휴지까지 챙겨주고 해서 더 기억에 남아요. 고맙다는 인사를 하기 위해 초콜릿을 사들고 와서 만옥씨와 대화했어요. 통성명도 하지 않고 바로 얘기만요. 오늘은 어떻게 오셨냐, 공방 자주 오고 싶어도 선착순 안에 들기가 너무 어려워서 힘들다 등등 그런 얘기를 나눴지요.

이름도 말하지 않구요?

원래 바로 이름을 말하지는 않아요. 팬들은 그냥 만났다가 스쳐가고 헤어지는 걸 당연하게 여기는 사람들이니까. 서로에 대해 궁금해하기보다는 서로가 갖고 있는 멤버들에 대한 생각을 궁금해하고, 내가 혹시 놓쳤을 멤버들의 얘기를 이 사람이 알고 있는 걸까, 그런 걸 궁금해하니까요. 우리는 입장해서도 나란히 앉았어요. 이날, 몇 번씩 같은 무대를 반복하며 녹화를 삼십 분이나 해서, 원래 사전녹화는 이런 거구나 했는데, 만옥씨가 어떡해, 애들자꾸 다시 찍어서 민망하겠다, 하는 소리를 듣고 그게 아니란 걸알았죠. 그런데도 제대로 된 무대를 못 건졌는지 여기 보시면, 이라고 m이 영상을 재생하며 말했다.

이 2절 민규 파트에서 후렴으로 넘어갈 때, 뒤에서 B가 살짝 미끄러진 것 보이시죠? 네 번이나 찍었는데 결국엔 이걸 쓸 수 없었나봐요. 멤버들 실력이 나빠서가 아니라 그냥 타이밍 같은 게 안 맞았던 거죠.

이날은 또 무대가 끝나자마자 만옥씨의 손에 이끌려 퇴근길을 보러 갔는데, 기대와는 달리 멤버들을 가까이서 볼 수 없어 실망했던 기억이 나요. 방송국 출구가 안쪽에 깊이 있는데다 경호원까지 버티고 서 있으니, 차를 타고 나오는 멤버들을 보는 건 불가능한 게 당연하지요. 그렇다면 도대체 퇴근길 사진들은 어떻게 찍는 것일까, 했을 때 여기, 멤버들이 나올 때 경비원을 뚫고 차도 한가운데로 뛰어들어서 미친듯이 셔터를 누르거나 아니면 경비실 옆 담벼락에 올라타 찍는 수밖에 도리가 없는 거지요. 그러나 나는 그런 뷰포인트를 그날에는 알 수 없었고, 왜 저런 곳에 사람들이 서 있을까 생각했는데 멤버들이 탄 차가 지나가고 나서야 그곳이 옳은 자리였다는 걸 뒤늦게 알게 되었어요. 그리고 좋은 뷰포인트를 선점한 것도 모자라 간이의자까지 준비해온 그들의 철저함에 놀란 것은 두말할 필요도 없구요.

왜 이날 무대 사진은 없어요?

내가 묻자 m은 그것도 모르냐는 듯 대꾸했다.

방송국 안에 들어가면 사진을 찍을 수 없어요. 찍다가 걸리면 퇴장당하는 건 물론이고 다음 공개방송 때 참여할 수 있는 기회 자체를 박탈당하게 되지요. 그래서 원래 방송 있는 날엔 남는 자료가 많이 없어요. 공식적으로 방송국에서 남겨주는 자료화면이 있긴 하지만 멤버별로, 각도별로 직캠이 남는 행사랑은 차이점이 있지요. 화질은 대개 정식 방송이 더 좋지만요.

그리고 이다음이 〈쇼! 챔피언〉 본방송이 있던 날이에요. 원래 그렇게 공개방송을 자주 갈 생각은 아니었는데, 월요일에 사전녹화 다녀온 뒤, 한 번만 더 가보자, 이런 생각이 들어서 아르바이트 날짜를 바꾸고 다녀온 날이었어요. 혹시 아시는 음악방송 뭐 있으세요?

……〈뮤직뱅크〉랑 〈인기가요〉요.

보통은 그렇게만 아시지만 실은 월요일만 빼고 요일마다 음악방송이 한 번씩은 있어요. 케이블 틀면 음악방송 채널이 몇 개씩 있잖아요. 이날 한 〈쇼! 챔피언〉은 일산에서 녹화를 해서 가는 길이 힘들었지만, 그래도 멤버들을 볼 수 있다는 생각에 들떠서 갔는데 대기 줄에서 월요일에 봤던 만옥씨를 딱 만난 거예요. 그래서 제가

어!

하니까 만옥씨도

어!

하고 저를 알아보더라구요. 이번에 저는 49번 만옥씨는 48번. 어떻게 또 거의 꼴찌로 간당간당하게 선착순 안에 든 걸 보고 만옥씨도, 저도 막 웃었어요. 막 웃다가 제가 먼저 이름을 말하고 이름이 뭐냐고 물었죠. 그러자 만옥씨가 좀 부끄러운 것처럼, 숨기고 싶은 것처럼

아, 저는, 장, 만옥이요.

라고 했던 게 생각나요.

만옥이 부끄러워했다구요.

네, 아니 부끄러워했다기보단 좀 수치스러워한다고 해야 하나. 배우랑 이름이 똑같아서 그랬겠죠. 중학교 때도 그런 애가 있었어요. 걔는 하필 이름이 C랑 똑같아서. 그때 또 C가 오랜만에 드라마 복귀해서 난리가 났었던 때거든요. 막 남자애들이 아, C 존나 이쁘다. 너 말고. 이런 식으로 놀리고. 졸렬한 것들. 모르긴 몰라도 그 친구 아마 상처 많이 받았을 거예요. 그에 비하면 장만옥은 안전한 이름이지만 그래도, 그래도 부모님의 센스가 조금 이상하기는 하다고 생각했어요.

혹시 다른 생각은 안 드셨구요?

무슨……?

그냥. 뭐, 이름이 예쁘다거나.

네, 뭐 그렇죠. 예쁜 이름이죠. 어쨌든,

m이 영상을 재생하며 말을 이었다.

보세요. 일산까지 갈 만하죠? 다른 방송에서는 첫 주에 컴백 무대 끝나고부터는 딱히 신경써주지 않았는데 여기 무대 영상, 이건 다 뮤지비디오 직접 편집해서 띄운 거예요. 의상도 활동 초기라, 아직은 무대에 설 때마다 새 옷을 입던 때고요. 멤버들이 무대 위로 올라오는데, 파란색 의상이 어찌나 예쁘던지. 그래도 진짜 아르바이트 빼고 가길 잘했다 싶었던 건, 이다음 순간 때문이에요. 카메라에 잡히진 않았는데 여기, 자기 파트 바로 직전에 민규가 춤추다가 마이크를 떨궜거든요. 당황했는지 맨날 웃는 애가 표정을 확 굳혔는데, 그 모습이 잊혀지지 않아요. 사랑에 빠졌냐고 묻는다면, 그렇다고 대답할 만한 순간…… 그걸 꼭 기록으로 남겼

어야 했는데. 집에 도착하자마자 찾아본 영상에서 카메라가 엉뚱한 곳을 잡고 있어서 속상했던 기억이 나요. 정말 멋졌는데. 정말 멋있어서 시가 막, 떠오르는 표정이었는데. 그걸 아무도 기록하지 못했다는 게 팬을 그만둔 지금도 조금 억울하기까지 해요.

그 말을 마지막으로 m은 약속이 있다며 자리를 떴다. 노트북을 접고, 파우치에 담아 일어나는 순간까지도 정말로 억울한 듯, 이를 앙다물고 있었다.

*

다음번에도 우린 상암동 방송국 앞, 같은 커피숍에서 만났다. m은 여전히 나보다 일찍 나와 있었고 나는 이번엔 초콜릿케이크 한 조각을 앞에 두었다. m은 역시 빠른 속도로 그것을 먹었다. 예의상의 권하는 말도 없이, 몰락한 귀족처럼 포크를 다뤘다. 오로지 크림의 단맛과 초콜릿의 진한 맛에만 집중하려는 듯, 말없이 먹는 그 모습이 어딘지 익숙했다. 바깥세상의 모든 걸 차단하고 있는 저 모습. 포크를 눕혀 접시에 묻은 크림까지 깨끗이 긁어먹은 다음, m이 노트북을 꺼냈다.

이날은 코스모스축제. 아마 이날이 작년 가을 중에 제일 날씨가 좋은 날이었을 거예요. 그리고 무엇보다 중요한 건, 보통 행사에선 미니 1집 타이틀곡이랑 후속곡, 미니 2집 타이틀곡 이렇게 세 곡을 했는데, 여기선 하나를 더 추가로 불렀다는 거죠. 미니 2집 3번

트랙. 민규 보컬이 돋보이는 곡이라 만옥씨도, 저도 제일 좋아하던 노래를.

알아요. 그 노래 들어봤어요.

그래요?

네. 얼마 전에. 그냥 생각이 나서요. 예전에 만옥이 자주 흥얼댔어요.

내가 옆에 있는 걸 무시하고 싶을 때, 라는 말은 삼켰다. m이 잠시 멈칫하다 얘기를 이어갔다.

어쨌든 공개 행사나 비공개 행사를 다 포함해서 이날 처음 부른 거라서 얼마나 좋았는지 몰라요. 주변에 있는 사람들도 다 오길 잘했다. 계 탔다. 이랬구요. 우리도 너무 신나서, 주체할 수 없어서 행사가 끝나고 한 이백 미터는 미친듯이 뛰었던 것 같아요. 넘어지기 전까지는요.

넘어졌어요?

네. 제가 아니라 만옥씨가.

만옥이.

네. 행사 장소가 공원이라, 주변에 산책 나온 사람들이 많았거든요. 근데 어떤 사람이 개를, 그 밤에 몰티즈를 몇 마리나 데리고 나온 거예요. 평소 같았으면 어머, 예쁘다. 얘네 다 가족이에요? 묻기라도 했을 텐데 그때 눈에 뭐가 들어오나요. 막 소리지르면서 뛰다가 어떤 애 꼬리를 밟았는지 어쨌는지, 갑자기 개들이 미친듯이 짖는 바람에 만옥씨가 놀라서 뒤로 넘어졌잖아요. 처음엔 저도 깜짝 놀랐는데 주인도 놀랐는지 개들을 끌고 가는 모습이 어찌나 웃긴지 결국엔 둘 다 주저앉아서 웃었어요. 막, 화장실이 가고 싶어질 정도로. 돌아오는 길에 만옥씨랑, 아, 만옥씨는 원래 그날 본 인상이 흐려지는 게 싫다면서 사진은 잘 안 보는 편이었는데, 그날은 우리가 좋아하는 노래를 해준 게 너무 좋아서 미리보기로 올라온 십오 초짜리 영상을 계속 돌려 봤던 게 생각나요. 사진도 같이 보구요.

그리고 다음에 간 게 〈더 쇼〉 무대. 이날은 영상 보시면 아시겠지만 엔딩 포즈를 조금 바꿨어요. 원래는 일자 대형으로 서서 쳐다보는 건데, 총을 쏘는 흉내를 내는 걸로.

m이 두 개의 영상을 번갈아 보여줬다. 첫번째 영상에선 정말로 일자 대형의 한가운데에 서 있는 남자의 얼굴이 클로즈업되면서 무대가 끝났는데, 두번째 영상에선 총을 쏘는 남자들의 모습이 빠르게 줌아웃되는 것으로 영상이 마무리됐다.

아, 그리고 이날은 또 좀 특별한 날인데.

왜요?

이 옆에 서 있는 걸그룹 보이시죠?

네.

이 걸그룹 한 멤버한테 만옥씨가 욕을 해서 싸움이 날 뻔했거든요. 이상하게 공개방송엘 가면 다들 흥분해서인지, 아니면 방송국에 어떤 기가 흘러서 그런 건진 몰라도 욕을 많이 하게 돼요. 그래서인지 다들 씨발, 이런 것쯤은 아무렇지 않게 넘기는데, 이날 만옥씨가 흥분의 감탄사가 아니라 누가 들어도 공격적인 말투로 씨발, 이라고 말해서 분위기가 싸해진 거예요. 대부분 못 들은 척했지만, 누군가 한 명 물꼬를 트면 금방이라도 무너질 침묵이었죠. 그래서 막 당황해서, 이날은 퇴근길도 안 보고 녹화 끝나자마자 만옥씨를 끌고 나갔던 게 생각나요.

갑자기 만옥이 왜 그런 거예요?

그게, 별일 아니지만, 바로 전날 방영된 음악방송 백스테이지 영상에서 그 걸그룹 멤버 중 한 명이 N 그룹 팬이에요, 라면서 춤을 따라 췄거든요.

춤을?

네, 춤을요. 뭐 가까이 있거나 대화를 나누거나 이런 것도 아닌데. 무대 아래서 구경하다가 멋있다, 하고 춤을 따라 한 것만으로도 짜증이 났던 거죠. 그러니까 춤을 따라 출 정도면 얼마나 자주 봤다는 거냐. 이런 것 때문에.

……

놀라셨죠? 놀라셨을 거예요. 별것도 아닌 걸로 그래, 그렇게 생각하는 게 보통이죠. 그런데요, 전 그때 만옥씨의 마음도 이해 가요.

나는 냉철해 보이는 m이 그렇다는 사실에 더 놀랐다.

m씨가요?

네. 실은 저도 태연한 척했지만 기분이 좋지 않았으니까요.

왜……

당연한 얘길 하시네요. 애인이 다른 사람이랑 가까이 있고, 아무리 일 때문이라지만 자주 보고 그러면 티는 못 내도 신경쓰이는, 그런 거죠.

하지만 그, 멤버들이 애인은 아니잖아요.

그래도 감정적으로는 애인이나 다름없지요. 그렇다고 스캔들 난 여자를 욕하거나 오빠 내 거야! 이런 건 아니지만 뭐랄까, 유사 연애라고 해야 하나…… 우리 정도 되면, 어차피 쟤들이랑 나랑 만날 일 없다는 건 알거든요?

……

그렇게 생각 안 하실지 모르겠지만 어쨌든, 다시 태어나거나 갑자기 벼락부자가 되지 않는 이상 어차피 쟤들이랑 못 사귈 거 안단 말이에요. 그런데 머리로는 알고 있으면서도 한편으론 짜증이 나는 거죠. 쟤가 나를 배신한다, 농락한다, 이런 게 아니라 그냥, 그냥 좀 짜증이 나는. 팬들이 멤버들에게 바라는 건, 그냥 카메라 켜져 있을 때만이라도 불특정 다수한테 윙크 날리고, 하트 쏘고, 사랑한다고 말해주는 거예요. 그리고 그 불특정 다수 속에 내가 있는 거고. 물론 팬 사인회에서 혼인신고서를 내미는 애들도 있지만 그건 장난 섞인 효력 무효의 문서일 뿐이고 보통은,

보통은 다 알고 있다는 말이죠?

네, 보통은 다 알고 있죠. 의식적으로건 무의식적으로건 간에 '쟤는 내 게 아니다'라는 걸요. 만옥씨도 그냥 그런 정도였다고 저는 생각해요. 그래도 기억에 남는 걸 얘기하자면 만옥씨는…… 글쎄, 이런 식이라면 이해하실까요. 만옥씨는 만약, 민규가 연애를 한다고 해도 자기가 말릴 수 없는 입장이란 걸 알았고, 상대방이 누군지 알고 있다면 그녀의 생일에 선물을 보낼 사람이었어

요. 그게 민규에게 행복이라면요.

나는 그런 만옥의 마음을 어느 정도 이해할 것 같았다.

그러면서도 만옥씨는, 만약 민규가 연애한다면 상대방의 인형을 만들어 바늘을 꽂을 사람이기도 했어요. 민규를 향해서도 늘 네가 행복했으면 됐어, 라고 하지만 한편으로는 누구보다 그의 죽음을 바라는 사람, 그래서 모두의 기억 속에서 그가 잊혀질 때쯤, 그제야 나 혼자 그를 가졌다고 안심할 사람이었다는 거. 저는 가끔 그런 느낌을 만옥씨에게 받았고, 그때마다 소름끼친다고 생각은 했지만 그런 심정을 완전히 이해 못하는 건 아니었어요. 왜냐면 저도 때론 그런 생각을 했으니까요. 그렇지만 그게 이상하다는 건 알았고, 언제라도 그 맨얼굴이 드러날 수 있다는 걸 알아서 주의하곤 했으니까. 제 말 이해하시겠어요?

나는 이해한다고도, 아니라고도 말할 수 없었다. 네, 제가 그랬네요. 만옥을 생각할 때마다 제가 몇 번이고 그랬네요, 라고 말할 수 없었다.

아, 그리고 여기 엔딩 때 잘 들으시면, 하고 m이 볼륨을 갑자기 크게 키웠다. 옆 사람이 놀라 쳐다보았지만 m은 죄송합니다. 잠시만요, 라고 말한 뒤 볼륨을 조금 낮췄을 뿐, 끄진 않았다.

여기, 이쯤에서, 잠깐.

……

여기, 여기서 씨발, 이라고 하는 소리 들으셨어요?

m이 나를 위해 영상을 다시 오 초 앞으로 돌려주었다. 그러자 실수로 거리의 은행을 으깼을 때처럼 씨발, 하는 소리가 들리는

것 같았다. 그러나 다시 생각하면 바람이 지나가는 소리거나, 혹은 마이크가 옷깃에 스치는 소리, 아니면 팬들이 무대 위를 향해 지르는 소리에 불과한 것 같기도 했다.

다시 한번만 들려주세요.

……

……

들으셨어요?

……

잘 안 들릴지도 몰라요. 그렇지만 제 귀에는 여전히 그때의 싸늘한 만옥씨의 목소리가 들리고, 무대 위에서 놀라는 표정으로 변한 저 멤버가, 일위 발표 때 터지는 폭죽 소리 때문이 아니라 만옥씨가 뱉은 욕 때문에 놀란 것처럼 보여요.

거기에 대해 나는 딱히 할말이 없었다.

원한다면 이 파일은 다운받으실 수 있을 거예요. 아니면 유튜브에 들어가서 다시 보셔도 되구요. 그럼, 전 약속이 있어서.

다음에 또 뵈어요; 라는 말을 남기고 m이 일어섰다. 예의 기묘한 걸음걸이로 뛰듯이, 걷듯이 멀어졌다. 나는 만옥을 생각하고 m을 생각하며 한참을 앉아 있었다. 이어폰을 꽂은 뒤, 유튜브에서 찾은 영상을 몇 번이고 반복해 봤으나 눈을 감아도 그 소리가 정말로 거기서 들리는 건지, 아니면 내 안에서 환청처럼 울리는 건지 알 수 없었다. 배터리가 닳았다. 식은 찻잔을 치우고 외투에 팔을 넣는데 문득 m이 왜 이곳을 약속 장소로 잡았는지 알았다.

그녀는 지금 누군가를 사랑하고 있는 것이 분명했다.

*

  그날 돌아오는 길에 친구를 만나 맥줏집에 들렀다. 가게에선 신선한 기름 냄새가 났고, 벽에 걸린 텔레비전에선 축구가 한창이었다. 우리는 가장 구석진 자리에 앉아 치킨 한 마리와 맥주를 시켰다. 그녀는 나의 갑작스런 연락에도 니가 사는 거지? 한마디만 묻고 나와주었다. 매번 갑자기 불러낸다며 투덜댔지만 나는 그녀가 무척 다정한 사람이란 걸 안다. 절인 무를 갉아먹는 그녀에게 말을 꺼냈다.

  야.
  왜.
  뭐 하나만 물어보자.
  뭐?
  너는, 팬이 낫다고 생각하냐, 아니면 짝사랑하는 사람이 낫다고 생각하냐.
  말이라고 하냐. 짝사랑하는 게 낫다.
  나는 내심 놀라 물었다.
  왜?
  야, 팬질하는 그거 얼마나 개고생인지 아냐.
  혹시 너도 그랬니?

아니. 난 학교 다닐 때만 그러고 말았지. 그때도 내가 딱히 누굴 엄청 좋아해서 그랬던 게 아니라,

응.

그때 반 애들이 다, 진짜로 한 스무 명쯤은 한 그룹을 좋아했거든. 거기서 나만 안 좋아하기도 뭐하고 또 보다보니까 매력도 있고 그래서 좋아했지.

여고였니?

응. 여고였는데, 그건 여고나 공학이나 상관없지. 야, 너는 정말 남자애들이랑 사랑에 빠지는 여자애들이 몇 명이나 된다고 생각해.

글쎄, 그때는 원래 많이 사귀고 그러지 않나.

너는 그랬냐.

아니.

여자애들도 안 그래. 걔네 냄새나. 중학교 때도, 축구하고 와서 땀냄새 나는 애들 진짜로 싫었어. 너도 알잖아, 그런 막, 청소년 드라마에 나오는 잘생기고 그런 애들은 극소수고 실은 다 그냥 찌든 애들뿐이란 걸. 미쳤다고 그런 애들한테 시간 쓰냐. 잘생기고, 텔레비전에서지만 나 좋다고 윙크해주는 애들이 훨 낫지. 어쨌든,

그녀가 다시 말을 이었다.

뭐 그때 반 애들 다 같이 좋아한다고 해도, 유독 좋아하는 애들 있잖아. 막 CD 여러 장 사고 야자 째고 방송국 가고 이런 애들. 그때 내 친구가 그랬단 말야.

응.

원래 중학교 때부터 친했던 앤데, 걔가 원래 그런 애가 아니었는데 고등학교 들어가더니 갑자기 바뀌더라. 진짜 눈 돌아간 것처럼. 늦바람이 무섭다고 아침에 학교 갈 때도 걔들 영상만 보고 나랑 얘기할 때도 걔네 얘기만 하고. 툭하면 걔네 사진 보여주고.

짜증났겠네.

짜증날 것까진 아니었고. 나도 뭐, 보여주면 보여주는 대로 멋있네, 잘생겼네 했으니까. 노래는 지금도 가끔 들어. 어쨌든,

응.

근데 걔가, 그 순했던 애가 한번은 반에서 다른 애랑 싸웠던 적이 있는데 그걸 나한테만 말 안 했던 거 있지? 걔 성격에 막 억울하다고 나한테 얘기하고 그럴 법한데 끝까지 말 안 하더라고. 지금은 뭐, 일 년에 한 번 만나면 많이 만나는 사이니까 물어보기도 그렇지만, 어쨌든 그땐 걔가 왜 싸웠는지 말 안 해주는 게 진짜 서운했단 말이야.

그녀가 포크로 치킨을 잘게 찢으며 얘기했다.

근데 어느 날, 걔랑 싸운 애가 들으라는 듯이 하는 말이, 어우, 자기는 막 가수 따라다니고 이런 애들 이해가 안 된대요. 그냥 텔레비전으로 보는 건 모르겠는데, 방송국 가고 이런 애들은 정신 못 차리고 뭐하는 짓인지 모르겠다나 뭐라나. 그런데 내가 그때,

그녀가 포크로 닭고기를 푹, 눌러 찍으며 말했다.

그 얘기를 듣고 무지 기분이 나빴다는 거야. 알아? 그 말이 틀리진 않았다고 생각하면서도 엄청 기분 나빴다구. 그래서,

그래서?

그래서 뭐, 머리채 잡고 싸웠지. 반성문 쓰고, 복도에 붙은 껌 좀 떼고.

그녀가 가슴살을 우적우적 씹었다.

그러니까 그건 네가 그, 팬이었다는 친구를 이해해서 그런 거지.

그래. 이해해서 그런 거지. 그렇게 절실한 애를 옆에서 보고 있으면 저절로 알게 되는 그런 거지. 가끔 개가, 지 감정을 못 이길 때 울고 그랬거든. 그게 얼마나 웃긴 일이야. 자기를 알지도 못하는 사람 땜에 우는 일이. 근데 그게 웃기니까 더 슬프더라. 더 비참하더라구. 그래서 우는 애를 달래주다가 그때 알았지. 아, 진짜 슬픈 거는 웃긴 거랑 똑같구나.

그럼 짝사랑은. 짝사랑은 어떤데.

짝사랑은 적어도 돈 안 들이고 가까운 거리에서 볼 수 있지. 죽이 되든 밥이 되든 들이대볼 수 있고, 웃는 척하면서 팔이라도 잡아볼 수 있고, 원하면 눈도 마주칠 수 있고. 야, 너 팬들이 왜 그렇게 기를 쓰고 새벽부터 방송국 앞에 줄 서는지 알아?

가까이서 보려고……?

그렇지. 정확하게 말하면, 눈이라도 마주칠까, 싶어서. 아니! 눈 안 마주쳐도 좋다. 그냥 오빠랑 한 발짝이라도 가까이 있고 싶어서. 야, 빼순이는 그런 애들이야. 오늘은 오빠가 담이 와서 오른쪽으로밖에 고개가 안 돌아가네? 그래서 오른쪽만 본 건데도 자기가 있는 쪽 많이 봐줬다고 일주일은 날아다니는 게 빼순이라

고. 보통은 그렇게 순정적인 애들인데 개중에는

미친년들도 많지, 라며 그녀가 계속해서 말을 이었다.

대표적으로 사생. 숙소 앞이나 이런 데 죽치고 앉아서 사생활 쫓아다니는 애들도 있고, 정신이 나가서 머리카락 보내는 애들도 있고.

머리카락?

응. 자기 자른 머리카락을 택배로 보내거나.

입맛이 떨어져 포크를 놨다. 그녀가 그런 나를 타박했다.

뭘 그 정도 가지고 그래? 생리대 보내는 애들도 있는데.

진짜로?

어. 자기가 썼던 걸. 미치는 거지, 정말. 어떻게 그런 생각을.

골때리네.

아주 그냥 오빠의 기억에 뿌리를 내리겠다, 아니면 오빠를 농락하고 싶다! 그런 마음이겠지. 어쨌든 다 성욕이랑 관련된 거 아니겠어?

성욕이라니. 갑자기 얘기가 확 튀네.

뭐, 부끄러워할 것도 아니고. 야, 갑자기 웃기네. 성욕이 없는데 미쳤다고 생리대를 보내냐? 너 설마 멍청하게 여자는 성욕이 없어요, 그렇게 생각하는 거 아니지?

……

원래 모든 행동의 근원에는 성욕이 있는 거야. 팬들이라고 뭐 다를 것 같냐? 너는, 니 인생에서 제일 성욕이 뻗쳤던 시기가 언제라고 생각해?

……고등학교 일학년 때.

그거 여자들도 똑같아. 그때가 제일, 열심히 팬질할 때다? 가끔 남자애들은 여자들이 성에 수동적이길 바라. 웃긴 거지. 인간으로 안 보는 거지. 여자애들은 더 성숙하고 미적으로 까탈스러워서 그렇지, 걔들도 당연히 잘생긴 남자 보면 좋아하고 그러는 거야. 어쨌든, 너는 아직까지 여자들이 로맨스만 꿈꾸고 꿈속에서나 살고 그렇다고 생각하는 거 아니지?

나는 할말이 없었다. 그녀가 말했다.

넌 그 나이 먹고도 아직도 모르는 게 많구나. 정신 좀 차려. 걔들은 단지 너 같은 애랑 섹스 얘길 하고 싶지 않은 것뿐이야. 너 같은 애들의 성생활을 궁금해하지 않는 거고.

와아, 하고 사람들 사이에 가벼운 탄성이 지나갔다. 우리는 잠시 텔레비전으로 눈을 돌렸다. 안타까움의 탄성이었는지 스코어에는 변함이 없었다. 내가 민망함을 이기고 먼저 말을 꺼냈다.

어쨌든, 그렇게 하는 것도 역시……

응, 그것도 굳이 말하자면 사랑이겠지. 병 같은 사랑. 사랑 같은 병. 야, 넌 뭐 사랑이 고귀한 건 줄 아니. 그런 개 같은 것도 다 사랑이지. 아니, 상식적으로 생각해봐. 그렇게 가수들이 대놓고 싫다고 하는데도 그러는 건 진짜 병이지, 병. 내가 아무리 오빠를 잘 아는 것 같고, 오빠가 내 것 같아도 오빠도 인간이라는 걸 알아야지. 그런데 그걸 모르고, 알면서도 계속 모르는 척하니까 사달이 나는 거지, 뭐. 마음은 이해 가. 원래 사랑할 땐 사람이 미치잖아. 넌 그런 적 없어?

나는 정곡을 찔려 아무 말 하지 못했다. 그러자 그녀가 한번은 말이지, 하고 갑자기 진지한 얼굴로 말했다.

콘서트 예매창이 열리는 날이었어. 야자 하다가 애들이 슬슬 빠져서 컴퓨터실로 가고, 조퇴하는 애들도 많고 그랬던 날. 당연히 걔도 공연 가겠다고, 집 컴퓨터는 느리니까 피시방 간다고 일찍 갔지. 나도 도와줄까 싶었는데 진심으로는 별로 그러고 싶지가 않았어. 그래서 서운해하는 친구를 두고 야자를 하고 있는데 얘가 연락이 없네? 성공했으면 막 문자 보내고 그랬을 텐데. 그래서 궁금해서 문자를 보낼까, 하다가 야자 끝나자마자 바로 전화했지. 전화해서 어디냐고 물어보고.

실패했던 거야?

응, 당연히 실패. 걔 성격에 됐으면 시끄럽게 연락하고, 바로 알았을 텐데 아무 말이 없었으니까. 그래서 걔 있는 데로 달려갔어. 우리 동네에 큰길가로 빠지는 쪽에 우리가 자주 앉아서 얘기하던 계단이 있거든. 걔가 거기 있다고 해서 막 허겁지겁 갔지. 가니까, 걔가 쭈그리고 앉아 있더라구. 등뒤에서 담배 냄새가 확 나고. 잘했어? 물어보니까 갑자기 씨발! 하고 외치는 거야. 엄청나게 크게.

무서웠겠네.

무서운 건 아니고 당황했지. 그런데 걔가 막 미친 것처럼 웃더니 갑자기 확, 고개를 꺾고 한강 가자, 하는 거야.

한강?

응, 한강. 막, 반복해서 한강 가겠다고, 자기 죽겠다고. 알아, 지금 생각하면 어이없고 웃기기도 한데 그땐 그게 진짜 무섭더라니까. 순간적으로 정신이 확 들더라구. 농담인 거 알아, 자꾸 그러니까 농담이라도 무서워지는 거지. 이게 뭐길래 얘가 미쳐가지고. 야, 그건 진짜 미쳤다고밖엔 할말이 없다. 너 누가 팬질하는 거 한번도 옆에서 본 적 없지?

본 적이야 있지. 근데,

아니, 내 말은 오빠 앞에서의 모습이나, 그런 절실한 걸 봤냐이거지. 진짜 눈 돌아간 그 모습을 봐야 이해가 가거든. 인간 속에저런 게 있구나. 막, 정말 놀라울 정도로 에너지가 뿜어져나온다니까.

나는 문득 만옥이 귀가했던 어느 밤을 떠올렸다. 만옥의 몸에선 바람의 비린내가 났고 만옥의 얼굴은 묘하게 흥분되어 있었다. 만옥이 나로 인해선 생길 수 없는 그런 감정을 미처 털어내지못한 채 방으로 들어오던 그 순간을 기억했다.

그리고 또 재미있는 점은, 이건 내가 직접 가봐서 아는 건데,

그녀는 약간 흥분하며 말했다. 식어가는 치킨에는 이미 흥미를잃은 듯했다.

꼭, 그런 데 가서 줄 서 있으면 이상하게, 뭐랄까 기 싸움이 있다고 해야 하나.

기 싸움?

음. 아니, 기 싸움은 아니고 자신감이라고 해야 하나. 에너지가 너무 많이 뿜어져나와서 충돌한다는 거지. 그게 뭐, 같은 팬들 사이에서는 내가 우리 오빠를 제일 좋아해, 이런 게 드러나는 걸 수도 있겠고 아님 스태프나 이런 사람들한테 내가 여기 서 있지만 무시당할 사람은 아냐. 이런 걸 보여주려고 그런 걸 수도 있고. 어쨌든 그 안에 오래 있으면 피곤할 정도로 에너지가 넘치긴 하지. 근데 재미있는 건, 그게 그 안에서 그치는 게 아니라 다른 사람들도 불쾌하게 한다는 거야.

어떤 의미에서?

아닌 척해도 대접받기를 원하고, 자기가 지나가면 시선이 쏠리는 걸 은근히 바라는 게 인간이란 말이지. 그런데 팬들 옆을 지나갈 때는 그런 게 없어. 아무리 슈퍼 꽃미남이 지나가도 걔네들은 자기네 오빠가 언제 올지에만 신경을 곤두세우느라고 다른 건 무시하거든. 그러니까 이때까지 그런 경험을 해보지 못한 인간들은 충격을 받겠지? 요컨대 아저씨들이나 뭐 그런, 자기가 말하면 주목받는 게 당연하고, 존중받아야 하고 이런 사람들일수록 더. 그래서 치를 떨면서 빠순이니 뭐니 손가락질하는 거야. 너네가 감히, 날? 이런 생각에.

존나 웃기지, 라고 그녀는 낄낄대며 얘기했지만, 나로서는 웃을 수만은 없었다. 나는 언제나 혐오감을 담고 있는, 그래서 나중엔 편안하다고까지 느껴졌던 만옥의 눈동자가 생각났다. 그 눈을 볼 때마다 내가 느낀 불쾌감과 매혹이 떠올랐다. 나는 대단한 일이라도 하는 것처럼 술잔을 입에 털어넣고 곧바로 후회했다. 생각을 정리하기 위해, 고작 이런 행동밖에 할 줄 모르는 나 자신이 싫었다. 그런 나를 보고 그녀가 덧붙였다.

내 생각엔, 인간은 모두 소중하다는 건 뻥이야. 소중한 건 사랑받는 사람 몇 명에게만 국한되어 있지. 그러니까 니가 그중 하나가 아니더라도 기죽을 필욘 없어. 너만 그런 거 아니니까. 원래 인간은 다 그래.

그러나 그 얘길 듣고도 기분은 나아지지 않았다. 그날 저녁, 멀어지는 그녀의 등을 바라보다 나는 문득 그녀가 사랑한 게 그녀의 친구가 아니었을까 하는 생각이 들었다.

*

만옥을 왜 사랑하게 되었냐고 누군가 묻는 순간이 올까. 만옥도 궁금해하지 않아 누구에게도 할 수 없던 말을 이제야 꺼내본다.

나는 만옥의 과일을 깎는 모양새가 좋았다. 칼을 다룰 때만은 세상에 과일과 자신만 있는 것처럼 둥글게 손을 놀리는 그 모습이 좋았다. 언제나 엄지손가락이 베일 것처럼 위태롭게, 그러나 묵주나 목탁을 깎는 것처럼 만옥은 신중하게 과일을 깎았다. 싱크대 앞에 서 있는 동안엔 짝다리도 짚지 않고 오직 스스로를 위해 그렇게 과일을 깎는 모습이 나는 좋았다. 서 있는 동안 약간은 긴장되어 보이던 종아리를, 옆으로 흘러내린 머리칼을, 그리고 정적을 파괴하듯 내가 보고 있다는 걸 안다는 듯, 순식간에 사등 분해서 하나씩 칼로 찍어 입에 넣는 순간을 나는 무척 좋아했다. 그렇지만 그녀가 그럴 때면 불안해져서, 그녀의 가장 여린 부분, 그러니까 내게는 잘 보여주지 않는, 웃을 때 올라가는 입꼬리 같은 것이 다쳐버릴까봐, 그래서 그녀가 원치 않음에도 언제나 웃는 얼굴을 가질까봐, 그래서 울 때 더 슬퍼 보일까봐 두려워서 그녀가 칼로 과일을 찍을 때면 언제나 화를 냈다. 제발 그러지 마, 애원하기도 했다. 그러나 만옥은 그런 나를 비웃듯이 싱크대 앞에 서서 과일을 칼로 찍어 먹는 버릇을 버리지 않았다. 그것을 볼 때면 나는 두부를 손바닥 위에 올려두고 자르던 어머니를 보며 붉게 물든 두부를 상상하던 일이 떠올랐다. 영화 속 악당이 크림을 얹은 파이에 담뱃불을 비벼 끄는 것을 생각하기도 했다.

*

　죄송해요. 이날은 잘 기억나지 않아요.
라고 m이 말했다. 우리의 네번째 만남이었고 그녀가 말한 건 작년 9월 26일에 있었던 광진구 청소년 한마당축제였다.
　왜냐하면, 왜냐하면 이날 너무 추웠거든요. 이날은 오후 세시부터 대기했는데 그때까지만 해도 덥더니 해가 지자마자 갑자기 쌀쌀해져서 진짜 정신이 없었어요. 게다가 뭐 때문인지 행사가 한 시간이나 늦춰졌는데도 식전 무대나 축하 인사말, 귀빈 소개 이런 거는 빠뜨리지 않고 다 하는 바람에 아 진짜 이러다가 얼어 죽겠다 싶었구요. 그래서 이날 다른 건 기억 안 나고, 대신 멤버들이 나왔을 때 진짜 눈물나게 반가웠던 것만 생각나요. 정말로, 말을 안 하려고 그러는 게 아니라 기억이 나질 않아요. 죄송합니다. 어제 다시, 오랜만에 이날 찍힌 사진이랑 동영상을 봤는데도 그랬어요. 내가 봤지만 본 것 같지 않았어요.

나는 m의 말을 의심하지 않았다. 매일 똑같은 노래, 똑같은 춤을 추는 건데 그걸 하루하루 구분할 수 있다는 것 자체가 내겐 신기할 뿐이었다. 그러니 하루쯤 그 무대를 까먹는 날도 있을 법했다. 그런데 외려 강하게 부정하는 m의 모습이 갑자기 내게 없던 의심을 불러일으켰다. 그러나 나는 m에게 괜찮다고, 일단 괜찮다고 말을 했다.

영상 안 봐도 괜찮아요. 기억나는 게 없으시면, 그냥 제가 혼자 찾아보는 게 나을지도 몰라요.

그럼 이따가 메일 주소 알려주세요. 지금은 삭제된 동영상 중에 꽤 괜찮은 게 저한테 있거든요. 제가 예전에 직접 소스 따서 개인 소장 한 거예요.

고맙습니다. 그렇지만 인터넷에 올라와 있는 것만 봐도 될 거예요. 그날 그렇게 추웠다면 아마 만옥도 그날 일은 별로 기억에 없을지도 몰라요. 무엇보다 저는 만옥이 본 걸 알고 싶지, 만옥이 본 것 이상을 보고 싶은 게 아니니까요.

그래요. 그러시는 게 낫겠네요. 음. 어쨌든 청소년 한마당축제 이후에 우리가 만난 건 거의 열흘이 지난 다음에 한 〈더 쇼〉 때예요. 이날은 우리 둘 다 공개방송 선착순 인원에 들지 못해서 퇴근 길만 보러 갔죠.

퇴근길만요? 잘 보이지 않는다면서요.

그건 〈인기가요〉 얘기구요. 똑같은 SBS 방송이라도 프리즘타 워에서 찍는 건 달라요. 혹시 오시는 길에 통유리 건물 못 보셨 어요?

잘 모르겠는데요.

YTN 옆에 있는데. 못 보셨다면 어쩔 수 없죠. 어쨌든 건물 일 이층이 밖에서 잘 보이는 편이라 〈더 쇼〉는 출퇴근길만 보러 갈 만해요. 여기 주변엔 먹을 데도 많고 그러니까, 그냥 겸사겸사 놀 다가 짧게 보고 가는 거지요.

그래도, 본방송에 들어가지 못했으면 이날도 특별한 건 없었겠 네요.

멤버들을 따라다니는 매일이 특별하고, 특별한 건 매일 반복되 죠. 어쨌든 이날은 우리가 무대를 보지 못한 날이니까, 영상도 보 실 필요가 없겠네요. 그럼 퇴근길 사진만 보시면 되겠는데요.

m이 노트북 화면을 내 쪽으로 돌렸다.

여기, 체크무늬 셔츠 입은 사람이 민규인가요?

아니요. 그건 C 그룹.

마스크를 써서 헷갈리네요. 그럼 블루종이……

아니요. 그것도 C 그룹.

m이 노트북 화면을 손가락으로 가리키며 말했다.

여기, 회색 후드티 뒤집어쓴 남자가 민규요.

죄송해요.

뭐가요.

잘 알아보지 못해서요.

뭐가요. 그냥 눈이 나쁜 거죠. 사람이 그럴 수도 있죠.

그러나 m이 이를 앙다무는 걸 나는 놓치지 않았다.

오늘은 내가 먼저 자리를 떴다. m은 남은 커피를 마저 마시겠다며 앉아 있었다. 가방을 들고 일어서는데 m이 물었다.

이렇게, 아무것도 말을 안 해도 되나요.

괜찮아요. 이런 날도 있지요.

*

이날은 낮엔 사인회를 하고, 저녁엔 단풍축제 행사가 있었어요. 몸은 피곤했지만 즐거운 날이었죠. 만옥씨는 예전부터 지방 행사도 다녔다는데 저는 이날이 처음이었거든요. 서울 근교까진 어떻게 버스도 타고, 지하철도 타고 다녔지만 이렇게 맘먹고 고속버스까지 탄 건 처음이라 터미널로 가는 길에 정말 돌이킬 수 없는 강을 건넜구나, 그런 생각을 했던 기억이 나요. 이날 저는 일이 있어 사인회는 못 가고, 만옥씨와는 터미널에서 만났는데, 새벽부터 움직여서 피곤했을 텐데도 만옥씨가 제 몫까지 먹을 걸 챙겨와서 좀 감동받기도 했었어요. 그걸 먹으면서 만옥씨의 얘기들, 이를테면 굴짬뽕 얘기 같은 걸 들으면서 내려가는 길 내내 웃었죠.

굴짬뽕이요?

네. 음, 만옥씨의 굴짬뽕은 뭐냐면, 만옥씨가 중국집에서 굴짬뽕을 먹는데 텔레비전에 마침 N 그룹이 나왔대요. 어르신들은 음악방송을 잘 안 보시니까, 만옥씨가 누가 채널을 돌릴까봐 막, 전전긍긍하면서 굴짬뽕을 먹는데 그만, 입을 안 벌리고 젓가락만 갖다 댄 거예요. 근데 만옥씨는 자기가 뭘 하고 있는지도 모르고 아, 채널 돌리면 안 되는데, 이런 생각만 하고 있었는데 옆자리 아저씨가 아가씨, 입은 벌리고 먹어야지, 그래서 정신을 차렸다는 거예요.

……

별로 좋아하실 만한 얘기는 아니었던 것 같네요. 어쨌든,

m이 다시 말을 이었다.

터미널에서 내려서 택시를 타고 행사장까지 갔는데 생각보다 무대가 크고 사람이 많더라구요. 대부분은 뭐하나 싶어 구경하는 등산객이었지만 주변 지역에서 왔을 법한 여중생 애들이나 어르신들도 많았어요. 그렇지만 가장 앞좌석엔 역시나 평소에 자주 보던 얼굴들, 특히 사진 찍는 팬들이 많이 있어서 새삼 저 사람들은 진짜 안 가는 데가 없구나, 그런 생각을 했죠.

그날 무대는 완벽했어요. 야외 행사에서 있을 법한 음향 사고도 없었고, 무슨 일인지 민규도 평소보다 더 신나 보여서 그걸 보는 우리도 신났구요. 무대 중간에 갑자기 비가 한두 방울 떨어져

걱정됐지만, 다행히 멤버들 무대가 끝날 때까진 괜찮았어요. 끝까지 뒤돌아서 손을 흔들고 내려가는 민규를 보면서 여기까지 오길 잘했다, 역시 행사는 웬만하면 다 다녀야 한다, 그런 얘기를 했구요.

다시 서울로 올라오는 길에, 트위터를 보고 멤버들이 우리가 지나친 고속도로 휴게소에 들러 늦은 저녁을 먹고 있다는 걸 알게 되었어요. 처음엔 씨발, 욕부터 나왔고 그다음으론 이런 시간에 먹으면 속 버릴 텐데, 라는 생각이 들었죠. 그러나 그 두 반응의 거리는 무척이나 멀었고 먼저 나온 욕이 솔직한 심정이었어요. 우리도 방금 전까진 거기 있었는데. 왜 이렇게 엇갈린 걸까. 만약 우리가 차를 가지고 있었다면, 그래서 새벽 운전에 지쳐 커피도 마시고, 도넛도 먹으면서 약간만 더 시간을 끌었더라면, 그러면 우리는 만날 수 있지 않았을까. 어떤 의도 없이, 그들을 불편하게 하지 않으면서.

나는 반쯤 잠든 만옥씨에게 이 얘기를 할까 말까 하다가 결국 깨워서 말을 걸었어요. 만옥씨는 한동안 눈이 부신 듯, 미간을 찌푸리고 휴대폰을 보다가 씨발, 하고 나랑 똑같이 말하더군요. 그렇게 한참을 둘이 말없이 있다 만옥씨가 먼저 말을 걸었어요.

우리 내년에는 꼭 면허 따요. 면허 따자구요.

그래서 내가 말했죠.

약속하는 거예요.

m과의 다섯번째 만남이자 만옥의 이야기를 듣기 위한 마지막 날이었다. 나는 약속시간보다 한 시간 먼저 도착했다. m은 아직 오지 않았다. 나는 처음으로 기다리는 사람의 입장이 되었다. 커피를 느리게 마시면서 주변을 둘러보았다. 무리지어 앉은 세 명의 여자 중 한 명이 거대한 카메라를 들고 있었다. 렌즈를 이리저리 조정하고 있는 걸 보니 사진 찍는 연습을 하고 있는 것 같았다. 그들의 예쁜 코트와 어울리지 않게 큰 가방이 눈에 띄었다. 입구로 m이 들어왔다. 나와 헤어질 때와는 달리 느린 걸음으로 천천히. 그녀는 자리가 있는지 주위를 둘러보다가 먼저 온 나를 보고 놀란 듯 웃었다.

일찍 오셨네요.

그러고는 음료를 시키지 않은 채 그대로 자리에 앉았다.

오늘은 마지막이니까 일찍 끝날 것 같아서요. 그냥 잠깐만 앉았다가 가는 거니까.

왜 일찍……

아. 만옥씨랑 저랑 마지막으로 만난 날엔 퇴근길만 봤거든요.

퇴근길만요.

네. 이날도 공개방송 신청에서 선착순 순위에 들지 못했거든요. 그래서 그냥 둘이 만나서 얘기하고, 커피 마시다가 건물 밖에서 퇴근길만 보고 헤어졌어요. 이날 영상은……

괜찮아요. 이것도 나중에 따로 찾아볼게요.

그래요. 그게 좋겠어요. 어쨌든 이날 우리는 카페에 앉아서 휴대폰으로 문자 투표도 하고, 실시간으로 무대 영상을 보다가 시간에 맞춰서 방송국 앞으로 갔어요. 공개방송이 끝나고 나오는 사람들 틈에 끼어서 멀리, 멤버들이 무대의상을 입고 대기실로 들어가는 모습을 봤죠. 이날 사진은 여기 있어요.

m이 휴대폰으로 몇 장의 사진을 보여줬다. 유리벽 너머에 있는 사람을 줌인해서 찍은 사진에선 강한 집착에서 비롯한 어떤 산물이 그렇듯 공포와 애잔함이 있었다. m은 화면을 넘겨 몇 장의 사진을 더 보여준 뒤 말을 이었다.

아. 그리고 이날. 이날은 만옥씨랑 돌아가는 길에 눈이 내리는 걸 봤어요. 무지 추웠는데. 바람이 많이 불었는데. 한참을 기다려도 멤버들이 나오지 않아서 기다리면서도 뒷문으로 빠져나갔구나, 그런 걸 저절로 알게 되는 날이었죠. 정말 오래 기다렸는데. 다른 사람들은 거의 다 집에 갔는데도 멤버들이 나오지 않아 자기의 처지라는 걸 돌아보게 되고 그러면서도 혹시나 싶은 마음에 자리를 뜨진 못했던 날. 결국 끝까지 멤버들이 나오는 건 보지 못하고 일본인으로 보이는 네 명의 팬을 뒤로한 채 버스를 타러 나왔는데, 텅 빈 도로 위로 눈이 내리더군요. 네. 그해 서울의 첫눈이.

저는 신이 나서 미친듯이 뛰었는데, 잠시 주체할 수 없을 만큼 기분이 들떴는데, 돌아보니 만옥씨는 그 눈을 차분하게 보고만 있더군요. 손에 떨어지는 것을 가만히 쥐었다가, 빈손을 펼치길 반복하면서. 마치 그걸 잡을 수 있다고 믿는 것처럼. 그런데 그게 가능할 리 있겠어요. 인간은 체온이 있고, 따뜻하고, 몸속에 피가 도는 이상 눈을 만지면 녹이길 마련인데. 그렇지만 만옥씨는 그걸 외면하는 것처럼 보였습니다. 이렇게 노력하다보면 단 하나의 눈송이라도 가질 수 있지 않을까. 그렇게 생각하는 사람처럼 보였어요.

그리고 말씀드렸다시피, 저는 그날 이후로 이상하게 N 그룹에 대한 마음이 예전처럼 타오르지 않았기에 공개방송에 가는 걸 그만두었어요. 만옥씨에겐 이상한 마음도, 미안한 마음도 들어서 연락을 하지 않았구요. 그냥 그렇게 끝나버린 겁니다. 그 이후로 가끔 만옥씨는 지금 뭘 하고 있을까, 아마 계속해서 민규를 좋아하지 않을까, 생각하기도 했지만 이렇게 될 줄은 몰랐어요. 우리가 마지막으로 만난 게 그날, 10월이 끝나갈 무렵 첫눈 오는 날이 되리라고는, 그 텅 빈 거리 위가 되리라고는 생각하지 못했던 것처럼요.

고개를 숙이고 있던 m이 손을 뻗어 나의 찻잔을 만졌다. 한참을 망설이듯 찻잔 손잡이만 주무르다가 입을 뗐다.

어쨌든 지나간 일은 지나간 일이지만, 슬픈 일은 여전히 슬픈 일이고 그러네요. 만옥씨와 함께한 추억이라곤 같이 다니면서 N 그룹에 대해 얘기한 것뿐인데도 그래요. 우리는 만나서 서로에 대해 묻지도 않고 매번 사랑하는 것에 대한 얘기만 나눴죠. 그런데 그 순간을 돌이켜봤을 때 기억에 남는 건, 내가 얼마나 그들을 사랑했느냐 하는 것보다는 기다림의 순간에 있었던 일들이에요. 요 컨대 우리가 대화하던 도중 빛나던 만옥씨의 눈빛이나, 내가 만 옥씨에게 느낀 감정 같은 것들. 그때는 그런 게 내겐 큰 의미가 없 고, 오히려 시간을 견디기 위한 방책에 불과했는데. 이상하죠. 지 나고 나니 오히려 그게 가장 중요했다는 생각이 든다는 게. 만옥 씨에 대해 아무것도 알지 못했는데, 서로의 얘기만 나오면 늘 말 머릴 돌렸는데도 그래요.

제가 여전히 누군가를 사랑하고, 같은 행동을 반복하고 있어서 일까요. 여전히 반복하는 그 행위 속에서, 기다리는 사람들 속에 서 만옥씨를 보고 있어서 그런 걸까요. 가끔 팬들을 볼 때 이런 생 각을 해요. 각자 다른 사람들이 뭉쳐 있는 건데 왜 같은 사람처럼 보일까. 그러니까, 멤버들을 기다릴 때 우리는 언제나 평균치의 인간이지, 개개인이 되지 못하잖아요. 참 이상해요. 우리는 내가 가장 그 멤버를 사랑한다! 이런 걸 주장하고, 팬들 안에서도 최고 가 되고 싶어하고, 늘 멤버들의 눈에 가장 먼저 띄는 사람이 되고 싶어하지만 그런 마음이 강할수록 우리가 아무것도 아닌 존재처 럼 느껴진다는 게. 그저 누군가를 위해 하루를 아낌없이 쏠 수 있 다는 이유만으로 아무것도 아닌 존재가 되어버린다는 게. 적어도 멤버들 앞에서는 그렇게 될 수밖에 없는 게 불공평하다고 생각하 면서도 저는 앞으로도 그 일을 멈추지 않겠죠. 그리고 그렇게 기 다리는 삶을 반복하면서 만옥씨 생각이 나기도 하겠구요. 어쨌든 제겐 만옥씨가 가장 처음 사귄 팬 친구이기도 하고, 이렇게 민규 씨에게 얘기를 들려주다보니 저도 모르게, 만옥씨를 많이 생각하게 되었으니까. 자꾸, 반복해서 생각하는 게 가장 오래 기억에 남는 건 당연한 일 아니겠어요.

m과 나는 처음으로 같이 카페를 나섰다. 오늘 혹시 방송이 있냐고 묻자 그녀는 아니요, 라고 대답했다.

지난주에 활동 접었어요.

아. 그랬군요.

네. 휴식기. 그래도 아마 다음달엔 컴백할걸요? 요즘 워낙 신인이 많아서. 금방 안 나오면 묻히거든요.

기다리는 동안 괴롭진 않으시겠어요?

괴롭죠. 쉽지는 않은데, 그래도 몇 번은 해본 일이라고 이젠 참을 수 있을 것 같아요.

그렇게 말하면서 웃는 m을 나는 거울 반대편에 있는 사람처럼 빤히 봤다. m의 얇게 팬 볼우물이 어쩐지 지우지 못한 흉터처럼 느껴졌다. 나는 문득 m에게 고마움을 느꼈다. m도 오늘만은 순전히 나를 만나기 위해 이렇게 먼 곳까지 찾아왔던 것이다. 그렇게 사람이 많이 다니지 않는 큰길을 m과 함께 걸었다. m이 불쑥 말을 꺼냈다.

이제는 더이상 만날 일이 없네요.

네. 그러네요. 그래도 혹시 연락드릴 일이 생기면……

이 근처면 저는 언제나 좋으니까, 편하게 연락하셔도 돼요.

길이 너무 넓고 길어서 걸어도, 걸어도 제자리걸음을 하는 기분이었다. 불쑥 m이 다시 말을 걸었는데, 나는 그것이 그녀가 나에게 진짜로 하고 싶었던 말이라는 걸 알았다.

민규씨는,

네.

만옥씨를 사랑하셨죠.

……네.

그런데 왜 묻질 않으세요.

어떤……

글쎄요, 보통은 그렇게 한 사람을 쫓아다니면 그의 매력이 뭔지, 쫓아다니면 돈이 나오니 쌀이 나오니 그런 걸 묻기도 하고 궁금한 게 많잖아요. 그런데 저는, 솔직히 민규씨가 뭘 알고 싶어하는 건지 잘 모르겠어요. 저는 N 그룹을 따라다녔고 그때의 기록을 가지고 있죠. 그걸 민규씨에게 알려줬고, 만옥씨와 있었던 일에 대해서도 알려주었어요. 그런데 민규씨는 N 그룹에 대해서 그들이 그날 입었던 옷이나, 무대 위의 모습은 물으면서도 민규에 대한 건 묻지 않더군요. 아니, 묻는 걸 피하는 것처럼 보였어요. 이런 말이 공격적으로 들릴까봐 조심스럽지만,

m은 망설이듯 말을 이었다.

그래도 궁금하지 않으세요? 도대체 뭐 때문에 만옥씨가 그렇게 민규를 사랑했는지. 자기 인생의 마지막 사랑인 것처럼 생각했는지. 민규가 먹던 빈 그릇 사진까지 찍어 보낼 정도로 뭐가 그렇게

만옥씨를 매혹시켰는지 궁금하지 않냐구요.

궁금하죠.

내가 말했다.

한때는 정말로 궁금했는데, 지금은 궁금하기를 포기했습니다. 저는 만옥을 오래 사랑했지만 정작 만옥에 대해선 잘 알지 못했어요. 그리고 지금은 내가 알지 못했던 만옥을 아는 것만으로, 그녀가 보고 있던 것이 무엇이었는지를 객관적으로 아는 것만으로도 충분하다는 생각이 듭니다. 민규를 생각할 때면 저는 일종의 피로감을 느껴요. 그러면서 지금, 그에 대해 안다고 해서 뭐가 달라질 것 같지는 않다는 생각도 하는데, 그건 아마 질투심 때문이겠지요. 만옥이 지금 여기에 없다고 하더라도, 만옥이 그를 사랑했다는 사실은 변하지 않으니까.

그러자 m이 말했다.

이해해요. 지나간 스캔들도 신경쓰이니까.

헤어지면서 나는 m에게 불쑥, 헤어지던 그날 만옥이 입고 있던 옷이 뭐냐고 물었다. 그녀는 하늘색, 하늘색 코르덴 스커트라고 대답했다. 그러면서 반복해서 보는 동안 그것이 만옥이 중요한 일이 있는 날에 입는 옷이라는 걸 알았다고 했고, 자신에게도 그런 옷이 있으며 나를 처음 만난 날에 그걸 입고 왔다고 혹시 기억하느냐고 내게 물었다. 나는 아무 말도 하지 못했다. 그러자 m이 덧붙였다. 그러니까 기록이라는 게 중요하다는 거지요. 만약 민규씨가 저에게 좀더 집중하고, 아니 집중했다기보단 나를 본 그

대로 쓸모없는 것이라도 적어뒀으면 분명 알고 있었을 텐데.

몇 번이고 불렀음에도, m은 여전히 그 이름이 낯설다는 듯이, 불러도 불러도 너무 귀해서 이제는 어딘가 이상한 이름이 되어버린 듯이 민규, 라고 발음했다. 나는 그녀가 어째서 나를 만난 첫날, 아끼는 옷을 입고 왔는지 알 것 같았다.

어떻게 가세요?

지하철 타구요.

그럼 좀 멀지 않아요? 저쪽에서 버스 타는 게 나을 텐데.

m은 지하철을 타고 간다고 했다. 나는 더 묻지 않고 그녀가 가리키는 방향으로 몸을 돌렸다. 그럼, 민규씨, 가세요. m은 마지막으로 그 이름을 소리내어 말하고는 떠났다. 멀어지는 그녀를 몇 번이고 돌아보았지만 m은 끝까지 고개를 돌리지 않은 채 멀어졌다.

*

그날을 끝으로 나는 더이상 m에게 연락하지 않았다. 아마 m도 같은 심정일 거라 생각한다. 만남의 목적은 성취됐다. 나는 그간 네가 내게 말해주지 않았던 모습을 m을 통해서, 그녀의 기억과 자료를 통해서 알 수 있었다. 그러면 그럴수록 네가 내게서 멀어지는 걸, 너무 행복하게 나를 버리고 떠났다는 걸 알았다. 마치 처음 너의 죽음을 들었을 때처럼. 죽는 순간, 그 이전 순간도 어느 한순간도 나에 대해 생각하지 않았을 너의 삶을 새삼스레 알게 되었다. 그러나 이런 불균형도 있는 것이다. 이런 식의 비대칭도 있는 것이다. 나는 그렇게 생각했다. m의 말처럼, 간절하면 간절할수록 더 나쁜 결과를 낳게 되는 일도 있기 마련이었다.

너의 옷을 장롱이나 서랍 속에 집어넣진 않았다. 그건 그대로 거기 있어도 될 터, 내가 너를 잊더라도 장신구처럼 거기 있어도 괜찮을 터였다. 옷걸이에 걸어둔 너의 옷을 보고 역시 네 말은 옳다고 생각했다. 너의 말대로, 예쁜 옷은 보는 것만으로 사람을 행복하게 했다.

올해도 여자들은 폴라티를 입고 앵클 부츠를 신고 긴치마로 종아리까지 감싼 채 거리를 활보할 것이다. 벌써부터 나는 날이 추워지는 것을, 이제는 더이상 가을옷으로 버틸 수 없는 계절이 와버린 것을 알았다. 그러니까 너와 함께 있었던, 아니, 나 혼자 함께라고 믿었던 지난겨울부터 지금까지가 아무것도 아닌 것처럼 좁아지는 것을 느꼈다. 그런 생각을 하면 지금이라도 싱크대 앞에 서서 과일을 깎는 너에게 갈 수 있을 것만 같았다. 긴 여행에서 돌아와도 금방 집이 익숙해지는 것처럼 너에게 다가갈 수 있을 것 같았다. 그러나 이젠 그럴 수 없다. 그럴 순 없는 노릇이었다.

m이 말해준 것과 N 그룹의 자료를 정리하면서, 지난 너의 일기를 내가 썼다. 한 편의 소설을 쓰듯 진실과 거짓을 엮어 기록했다. 마지막 부분을 쓰며 문득 생각이 나서 찾아보니, 너와 m이 마지막으로 만난 날 서울에 눈이 내렸다는 기록은 없었다.

*

때때로 그녀와 술을 마시기도 하며 나는 다시 한철을 보냈다. 네가 없는 한철은 너무 길어서 나는 어느 날 그녀가 휴대폰 배경화면을 바꾸고 와서 존나 잘생겼지. 이건 의사가 만들 수 없는 얼굴, 이라며 감탄을 했을 때도 놀라지 않았고 이름은 같은데, 라는 농담에도 웃을 수 있었다. 널 만나면 진심으로 미안하다고 할 수 있는 그런 사람이 되었다.

일본 진출을 하고 돌아온 N 그룹이 새 앨범 발매 기념으로 팬 사인회를 했다.

첫 사인회는 잠실. 서른 장을 샀다. 떨어졌다. 두번째는 목동. 서른 장을 샀다. 떨어졌다. 세번째는 종로. 이번에는 마흔 장을 샀다. 됐다. 꼭 백 장을 채우고 나니까 백일기도. 백일치성. 이런 말이 떠올랐다. 내가 궁금했던 것 중 하나는 사인회를 위해 산 그 많은 CD를 어디에 보관하느냐는 거였다. 너는 언제나 많은 CD를 갖고 싶어했지만(그보다는 팬 사인회에 당첨되고 싶어했지만) 한번도 자취방을 CD로 채워본 적은 없었으므로 나는 그 모습을 알 수 없었다. 너는 고작 다섯 장의 CD를 사고도 손을 떠는 사람이었으니까 알 수 없었다. 그러나 나는 이번 기회를 통해 알게 되었다. CD를 보관하는 건 아주 쉬웠다. 상자 하나만 있으면 됐다. 침대 밑에 딱 백 장을 담은 상자를 집어넣자 모든 것이 사라졌다. 백 장의 CD 위에 앉아서 너에게, 비밀처럼 이걸 꺼내 줄 수 있었다면 좋았을 텐데, 라고 생각했다.

팬 사인회가 진행되는 비공개 홀은 생각보다 작았다. 엄청나게
아늑하고, 또 불빛은 엄청나게 반짝여서 나는 떨리는 두 손을 멈
추지 못했다. 나도 모르게 바다 생물로 변해버린 기분, 벌써부터
무릎에 파랗게 멍이 드는 기분이었다.

사람들이 눈에 바른 펄이나 웨이브 진 머리칼에 흐르는 윤기,
잘 다듬어진 손톱이 오로지 이날만을 위한 것이라는 게 느껴졌
다. 그녀들은 너무 아름다웠고, 아름답지 못한 이들은 아름다우
려고 노력하는 중이었다. 불안을 감추고 있는 사람들과 여유로운
사람들이 함께 있었다. 눈이 부셔서 음울함이나 일상의 먼지를
볼 수 없었다. 아니면 애초부터 이 사람들에겐 그런 게 보이지 않
는지도, 언제나 밝은 빛 속에 살아서 모두 눈이 멀어버린 건지도
모른다고 생각했다. 그래서 행복한 건지도 모른다고 생각했다.

옆 사람이 물었다. 남팬이세요? 처음 뵙는 거 같은데. 나는 말
없이 고개를 끄덕였다. 그러자 옆 사람이 다시 말을 걸었다. 여기
까지 오신 거 보니까 되게 좋아하시나보다. 누구 제일 좋아하세
요? 나는 너의 목소리를 빌렸다. 너의 간절함으로 민규, 라고 대
답했다. 그러자 그녀는 갸아악, 작게 소리지른 다음에 나도 민규
제일 좋아하는데, 라며 웃었다. 민규가 남자 분들한테도 인기 많
죠. 아무래도 멋있으니까. 민규 사복도 많이들 따라 입으시고. 옆
사람은 쉴새없이 말하고 나는 웃고, 옆 사람은 주머니를 뒤져 사
탕을 주고 인화한 사진을 주며 가장 신뢰하는 사람에게 보일 법

한 미소를 지었다. m의 말대로 참 다정한 사람들. 이 사람들과 함께 기다릴 때 너는 다정함을 느꼈을까, 아니면 질투심을 느꼈을까. 나는 부디 네가 이들에게서 사랑을 느꼈기를, 지금 내 앞의 여자처럼 동질감에 즐거워 작은 비명을 질렀기를 바랐다. 그렇지 않다면 너무 슬프니까. 내 앞에선 언제나 우는 듯 찡그린 얼굴의 너였으니까.

내 차례가 왔다. 나는 사인을 받기 위해 앨범을 내밀었다. 처음 본 그는 이렇게 다른 사람이 같은 이름을 가져도 되는 것인가, 의문이 들 정도여서 나는 문득 누구에게인지도 모르게 미안한 마음이 되었다. 나는 낮게 몸을 숙였다. 레스토랑의 직원처럼, 기도하는 사람처럼 무릎을 꿇었다.

안녕하세요.

안녕하세요.

이름이 뭐예요?

만옥이요.

만옥.

만옥이라고 적어주세요.

만옥, 이라고 적어달라고 내가 말했다.

직접적으로 인용된 문장의 출처는 다음과 같다.

1) 구라하시 유미코, 『성소녀』, 서은혜 옮김, 창비, 2014.

2) 롤랑 바르트, 『사랑의 단상』. 정성일, 『언젠가 세상은 영화가 될 것이다』(바다출판사, 2010)에서 재인용.

3) 아가서 1장 3절.

4) 장 콕토, 『무서운 아이들』. 다카하시 겐이치로, 『사요나라, 갱들이여』(이상준 옮김, 향연, 2011)에서 재인용.("그 아이의 이름은 구슬 같아. 아가트라고 불러." 그녀는 넌지시 떠보았다. 폴은 "정말 멋진 이름이야. 이 세상에서 가장 아름다운 시에 나오는 프레가트(쾌속범선)와 운이 딱 들어맞아"라고 선뜻 말했다.)

5) 블라디미르 나보코프, 『롤리타』, 김진준 옮김, 문학동네, 2013.

6) 아다치 미츠루, 『H2』, 대원씨아이, 2006.

심사평

강지희(문학평론가)

대학 안에서조차 인문학의 입지가 좁아져가면서 문학 역시도 그 축소의 현장에서 자유로울 수 없겠으나, 쓰기 자체에 대한 열망은 그 어느 때보다 강해지는 중인 것처럼 보인다. 읽는 일에 대해서는 예전만큼 매력을 느끼는 사람이 확연히 줄어들고 있음에도, 쓰고자 하는 사람들이 점점 많아진다는 것은 무엇을 의미하는 것일까.

사회적으로 대략 지난 십 년간 포착되어온 이십대의 표상들은 부정적인 수사로 점철되어 있었다. 시대의식을 예민하게 선취한 주체로서 정치적 진보와 도덕적 이상을 위해 싸워왔던 기존 청년의 표상은 완전히 무너지고, 열악해진 경제적 환경 속에서 생존에만 전력을 다한 나머지 음험해지거나(일베) 무기력해진(잉여) 존재들이 지금 이 시대가 인지하는 청년상이다. 언론이나 정치판에서 이십대에게 '청년'의 목소리를 대변하라며 표 나는 자리를 내주기도 했지만, 실질적으로 지금까지는 이십대들의 목소리보다는 이들을 추동하거나 부드럽게 위로하는 기성세대의 목소리가 더 크게 울리고 더 멀리 확장되어왔던 것이 사실이다. '헬조선'이란 말에 이어 최근 '금수저/흙수저'론으로 대변되는 계층의 고착화에 대한 계속되는 보도는 2000년대를 장악했던 자기계발서의 시대도 이제 완전히 종식되었음을 알리는 중이다. 이제 개인적인 노력이나 행운만으로는 빈곤의 굴레를 벗어날 수 있는 길이 쉽게 열리지 않을 것이다. 이런 상황에서 경제적인 궁핍만큼이나 익숙해지는 것은 고질적인 피로감과 체념이고, 더 두려운 것은 이를 해소하기 위해 마련된 다변화된 취향의 목록들에 편하게 길들여지는 것이다.

마른장마가 계속되듯 상황은 갑갑하고 어느 때보다 고립되어 있는 듯 보인다. 그럼에도 불구하고 여전히 많은 이십대들이 글을 쓰고자 한다는 것은 흥미로운 일이다. 모든 것을 생존 본능과 연결시키는 진화심리학적 입장에서만 본다면, 읽기보다 훨씬 많은 에너지가 투입되는 쓰기에, 심지어 경제적 이윤과 직결되기 어려운 문학적 글쓰기에 사람들이 몰두하는 것은 비합리적인 선택이기 때문이다. 그러나 이 시대에 취향의 목록 속에서 편하게 소비의 주체가 되는 길을 버리고, 감정과 사유를 더듬어 길어올리는 글을 쓴다는 것은 우리의 디폴트를 고작 생존으로 잡아두는 사회에 대한 최소한의 반역이 아닐까. 글쓰기는 소비하기를 거부하는 일이다. 글쓰기는 사회가 이미 구획해놓은 틀에 딱 들어맞

지 않는 새로운 자기 서사에의 욕망을 기반으로 하며, 이는 눈앞
에 펼쳐져 있는 세계가 아닌 또다른 세상을 꿈꾸는 일과 연결되
어 있다. 미래의 문학은 거기에 놓인 절박한 의지에 달려 있다.

　이희주씨의 『환상통』은 처음부터 빠져들게 하는 소설은 아니었
다. 1부의 화자인 m의 말은 구체성을 담보하고 있으면서도, 철학
적인 사유에 빚을 지고 있는 관념적인 문장들이 너무 직접적으로
서둘러 앞줄에 나와 있는 듯했다. 그러나 2부와 3부를 거치면서
나는 짝사랑을 향한 처절하리만큼 절박한 이 고백의 발화들이 연
예인을 향한 특정 상황에서 비롯된 것이 아니라는 것을, 이 보편
성의 마력에 무너질 수밖에 없음을 인정해야 했다. 계속해서 기
다리고 기다림 끝에 간신히 스쳐가듯 만나지만 어떤 사건도 만들
어지지 않는 사랑, 상대에게 자신은 늘 하늘에 떠 있으나 아무 흔
적 없이 흘러가고 흩어져버리는 구름만큼 흐릿한 존재라는 것만
을 확인하는 사랑, 그래서 사랑하는 일이 어딘가 자학적인 것으
로 변해가는 과정을 촘촘히 그리는 이 작품을 덫에 빠지듯 사랑
에 빠져 몸부림치는 순도 높은 고백의 소설들—슈테판 츠바이크
의 「낯선 여인의 편지」, 모니카 마론의 『슬픈 짐승』, 아니 에르노
의 『단순한 열정』 등—의 계보 뒤편에 살짝 놓아둘 수 있지 않을
까. 더불어 아이돌을 향한 사랑이라는 소설적 제재의 상징성이
역사적으로 공유할 수 있는 사건이 거의 말소된 세대에게 새로운
집단 경험임을 짚어두고 싶다. 앞으로가 훨씬 더 기대되는 젊은
작가의 탄생을 축하드린다.

정용준(소설가)

소설을 읽기 전 단순하고도 분명한 다섯 가지 독법을 정했다. 첫째, 매력적인 부분이 있는가. 둘째, 계속 읽고 싶은가. 셋째, 그래서 다 읽었는가. 넷째, 마지막까지도 매력적인 인상이 남아 있는가. 다섯째, 그리하여 나는 이 작가의 독자가 되었는가.

이 독법은 나뿐만 아니라 소설 독자라면 누구나 갖고 있는 일반적인 기준일 것이다. 아무도 소설을 억지로 읽지 않는다. 때문에 소설은 스스로 어떤 식으로든 매력적이어야 한다. 그 매력은 재미라고도 할 수 있고 의미라고도 할 수 있으며 소설적 가치를 설명하는 그 어떤 표현일 수도 있다. 기준은 정하지 않았다. 그것이 무엇이든 매력적이라면 열심히 읽을 자세가 되어 있었다.

개인적으로 가장 좋게 읽었고 당선작으로도 결정한 것은 이희주씨의 『환상통』이다. 아이돌에 열광하는 인물과 팬덤 문화에 관한 소설이다. 이렇게만 요약하면 좀 뻔할 것 같지만 읽으면 읽을수록 그렇지 않았다. 나는 이 소설을 처음엔 누워서 시큰둥하게 읽다가 나중에는 자세를 고쳐 앉았다. 인물과 인물이 속한 세계에 대한 디테일이 살아 있었다. 취재를 꼼꼼히 했다거나 그 생리를 잘 아는 사람이 쓴 것 같은 단순한 디테일을 말하는 게 아니다. 그 마음에 대해, 어떤 대상에 매혹되고 그것을 사랑한다는 것이 무엇일지 작가 스스로 의문을 품고 있었고 그것을 잘 다루기 위해 어떻게 해야 할지에 관한 소설적이고 언어적인 고민이 엿보였다. 탐구하고 알게 된 것을 향해 깊이 투신하고 있었다. 그러면서도 그것을 정당화하려거나 미화하려는 시도도 하지 않았다. 마음이란 무엇인가. 감정이란 도대체 무엇인가. 넓고, 깊고, 정확하게 다루기 위해서는 어휘가 필요하다. 사유와 의미를 밝히기 위해서는 접근법과 방식도 다양해야 한다. 작가는 한 문장도 허투루 쓰지 않으려 했고 그러면서도 자신감 있고 대담하게 써나갔으며 무엇보다 잘 썼다. 글쓰기가 사랑이라면 그는 열심히 사랑했다. 나는 그 마음이 어떤 것인지 기어이 공감했다. 소설을 읽는 내내 매력적이었고 마지막 장을 덮을 때 나는 이 소설의 독자가 되어 있었다. 하지만 심사중에 이야기되었던 아쉬운 지점에 대해서는 나 역시 동감하며 지적하고 싶다. 롤랑 바르트를 연상케 하는 스타일과 지나치게 철학적인 사유라고 느껴질 만한 부분이 종종 있었다. 인물의 내면을 설명하기 위해 사용된 몇 가지 방식은 소설 안으로 스며들지 못했다. 그 부분은 고민했으면 좋겠다.

당선작을 논의하는 중 왜 『환상통』이냐는 질문에 나는 답했다. "소설들 중에서 가장 멋졌습니다."

정한아(소설가)

장편소설의 예심은 대개 한 무더기의 원고가 집으로 배달되는 것에서 시작된다. 심사위원들은 기한까지 그 무더기의 원고를 손에 잡히는 대로 읽어나간다. 지하철을 타고 가면서도 읽고, 한밤의 소파에 누워서도 읽고, 카페에서 따뜻한 커피를 마시면서도 읽는다. 나는 이것이 내밀한 독서의 행위, 그 이상도 이하도 아니라고 믿는다. 솔직히 말해서 우리에게는 공정성도, 객관성도 없다. 각자의 마음을 사로잡는 작품이 있고, 뒤늦게 근거를 갖다붙일 뿐이다. 적어도 나는 그렇게 생각한다.

당선작인 이희주씨의 『환상통』은 아이돌 그룹의 팬덤에 대한 소설이었다. 아이돌 그룹의 팬클럽이라니, 다소간의 거리감을 가지고 읽기 시작하다가 어느 순간 마음이 무너져내렸다. 그것은 아마, 그 이해할 수 없는 광기를 망설임 없이 '사랑'이라 부르는 작가의 태도 때문이었을 것이다. 그리고 나는 어느 순간 그것이 정말 사랑이라 믿게 되었다. 꾸며낸 이미지, 욕망의 복제품에 불과한 아이돌이라는 허상에 이들은 사랑이라는 이름으로 기꺼이 투신한다. 그 존재가 사랑받을 만한 존재인가, 실재인가 따위는 여기서 중요하지 않다. 도리어 그 대상은 사랑받음으로 인해 실재가 된다.

서브컬처에 심취한 오타쿠의 심리를 객관화하기란 쉬운 일이 아니다. 철학 이론을 동원하여 기록, 기억, 실재에 대해 이야기하는 m의 관념적인 서사보다 스스로 화염에 불타 죽어버린 만옥의 서사가 더욱 마음을 끄는 것은 그 어리석음이, 그 실패가 사랑의 본질이기 때문이다. 만옥이 아이돌 민규를 볼 때마다 내뱉는 주문과 같은 말, '씨발, 죽어도 좋아'. 그 문장이 나를 칼처럼 헤집은 이후, 나는 줄곧 이 소설에 질질 끌려갈 수밖에 없었다. 광기는 이토록 매혹적이다. 우리는 그때에만 인간을 초월할 수 있다. 인간을 초월하지 않고서는 인간에 대해 말할 수 없다.

이 소설을 읽기 전에 내게는 이 둘 중 어떤 것이 당선작이 되어도 좋다고 생각했던 후보작 두 편이 있었다. 하지만 이 소설을 읽으면서 순식간에 마음이 뒤바뀌어버렸다. 단 한 가지 내가 염려했던 점은 작가가 대학생의 이름만 빌린 만학도가 아닐까 하는 것이었다. 문장의 밀도와 깊이가 그러했다. 당선자가 이제 스물다섯 살의 국문학도라는 말을 들었을 때, 심사위원들은 나지막한 탄성을 질렀다. 부럽다, 고 누군가 중얼거렸다. 부럽다. 부러워. 정말 부럽다. 우리는 당신들이 부럽다. 당신들에게는 모든 것이 시기적절하다. 성공도, 실패도, 좌절도, 모욕도, 죽었다 깨어나도 좋을 만큼의 광기까지도. 그러니 뻔뻔하고 떳떳하게, 더 많이 사랑해도 좋을 것이다.

아름답고, 이상하고, 논쟁적인

임솔아

카페 문을 열자 몇몇 사람이 고개를 돌려 나를 보았다. 그들 중 한 명이 이희주였다. 이희주는 일인용 테이블에 앉아 있었다. 찻잔이 비어 있었다. 일이 예상보다 일찍 끝났다고, 시간이 남아서 먼저 약속 장소에 가 있겠다고, 몇 시간 전에 연락을 받았던 터였다. 그런데도 약속 장소에 나왔다는 느낌보다는, 길을 걷다가 너무 추워서 들어간 카페에서, 혼자 앉아 열심히 무언가를 적고 있는 친구를 우연히 발견한 것 같은 느낌이었다. 나는 이인용 테이블에 자리를 잡았고, 이희주는 빈 찻잔을 들고 내 자리로 옮겨왔다. 포트에 뜨거운 물을 붓고, 우러난 차를 찻잔에 따랐다. 잠시 연락이 끊겨 있었지만 안부가 궁금했던 친구처럼, 우리는 서로의 소식을 물으며 많은 이야기를 나눴다.

무엇을 좋아하고 무엇을 싫어하면서 자랐는지 궁금해요.
　—아이돌 좋아하고 소설과 만화, 영화를 좋아하며 평범하게 자

랐습니다.

어떻게 글을 쓰기 시작했어요?

─청소년 때, 주변에서 글을 쓰던 친구들은 예중이나 예고를 가거나 그랬는데요. 저는 그런 쪽은 아니었어요. 백일장에 나가거나 글을 쓰거나, 그러지는 않았어요. 글을 쓰지도 않으면서, 언젠가는 글을 쓰게 될 것이다, 그렇게 생각했어요. 그리고 제 주변 사람들도, 그런 저를 믿어주었어요. 대학에 갈 때에도 그래서인지 문창과에 갈 생각은 하지 않았어요. 책 읽는 걸 좋아하니까 국문과에 가면 되겠다, 그래서 국문과에 입학하게 되었어요. 그리고 대학에 들어오고 나서 글을 쓰기 시작했어요.

글을 쓰지 않았는데, 왜 글을 쓰게 될 거라고 생각했나요?

─엉덩이가 무거워서 나가는 걸 좋아하지 않았거든요. 실내활동을 좋아했어요. 읽는 걸 좋아하다보니까, 당연히, 자연스럽게, 쓰게 될 거라고 생각했어요.

당선 소식은 어떻게 접했어요?

─그때 제가 친구와 연극을 보러 갔어요. 약속 장소에서 친구를 만나자마자 휴대폰을 꺼두었어요. 제가 원래 휴대폰을 잘 안 켜둬요. 당선 생각을 안 하고 있었기도 했고, 그래서 평소처럼 휴대폰을 꺼두었거든요. 그런데 명동예술극장 로비에서, 유지태와 강동원이 지나가는 걸 본 거예요. 안경을 쓰고 목도리를 하고 있어서, 강동원의 얼굴이 정확하게 보였던 것은 아니지만요. 작은 머리와, 아름다운 눈과, 긴 다리를 보았을 때, 저런 생명체일 수 있는 건 강동원 하나밖에 없다, 그렇게 생각했어요. 유지태가 왔

다갔다하는 걸 봤기 때문에 다른 연예인이 있어도 이상할 것이 없기도 했고요. 너무 신기해서 트위터에 강동원 봤다고 자랑을 하려고 휴대폰을 켰어요. 그런데 전화가 엄청 와 있는 거예요. 엄마한테서요. 저희 엄마가 전화를 그렇게 많이 하는 사람이 아니거든요. 깜짝 놀라서 어떤 사고가 난 줄 알았어요. 엄마한테 전화를 걸었더니, 엄마가 당선이 됐다고 말해줬어요. 강동원이 아니었다면, 그날 밤이 될 때까지 당선 소식을 못 들었을 거예요.

소설 속에도 아이돌 얘기가 많이 나오잖아요. 그렇다면 이 소설이 경험을 바탕으로 쓰였다고 볼 수도 있는 걸까요?

―쓸모없는 답변이지만 경험이기도 하고 아니기도 해요. 솔직하게 말씀드리면, (웃음) 제가 휴학하고 덕통사고를 당했는데 그게 창작의 큰 동력이 됐죠.

덕통사고가 뭐예요?

―아이돌이나 캐릭터를 알게 된 순간 사랑에 빠지는 걸 교통사고에 비유해서 덕통사고라고 하거든요. 갑자기 치인다고 해서…… 덕통사고 이후 한동안 친구하고 둘이 공개방송을 쫓아다녔는데 그때 이런저런 일을 경험하면서 글을 쓰게 됐어요. 처음부터 소설을 써야지, 이런 자의식을 가진 건 아니었고…… 그냥 쓰다보니까 거짓도 섞게 되고, 이런저런 얘기도 집어넣으면서 소설을 만들게 되었다는 게 맞는 것 같아요.

소설을 쓸 생각 없이 그냥 쓰다보니 길어졌다니, 어째서 그냥 이 이야기를 쓰기 시작하게 되었을까, 더 궁금해지는데요.

―아이돌 팬 경험이라는 게 저한테 중요한 얘기라서 그랬던

것 같아요. 저는 저희 세대 대부분이 그렇듯이 아이돌 문화를 포함한 여러 서브컬처의 영향을 받으며 자랐어요. 예를 들어 저는 2008년 하면, 그해에 다른 중요한 일도 많았지만, 가장 먼저 동방신기가 컴백한 일이 떠올라요. 남들이 봤을 땐 뭐야, 싶을지 몰라도, 저는 그래요. 분명 저랑 같은 역사를 공유하는 분들도 많을 거예요. 그런데 이런 얘기는 공적 영역에선 제대로 다뤄지지도 않잖아요. 무시되기 십상이고요. 그래서 언젠간 이런 얘기를 소설로 써보고 싶다는 생각을 막연하게 하긴 했어요.

그렇지만 이 소설의 경우는 글쎄, 좀 발작적으로 시작한 일이지만 돌이켜 생각하니 저 개인의 '팬질'에 대해 기록하려 했던 마음이 있었던 것 같아요. 그런데 막상 한글문서 창을 켜고 첫 문장을 쓰기 시작하니까, 기록과는 다른, 소설을 쓰게 되더라고요. 진실이기도 거짓이기도 하고, 기록이면서 이야기인. 그런데 그렇게 쓰다보니 너무 재미있어서 더 써보자, 더 써보자 하다가 이렇게 되었어요.

2008년이면 팔 년 전인데 십대 때부터 팬생활을 하신 셈이네요.

—아뇨. 아이돌 좋아하기 시작한 것은 다섯 살 때부터였어요. H.O.T.의 강타를 처음으로 좋아했습니다. 저는 기억이 잘 안 나는데 엄마 말로는, 제가 벽에 크레파스로 '강타 사랑해요'라고 쓰고 그랬대요.

이 소설은 얼마 동안 쓰신 거예요?

—오래 걸린 줄 알았는데, 찾아보니 작년 10월 28일에 첫 문장을 썼더라고요. 한 달 조금 넘게 걸려서 썼네요. 그렇지만 이 소설

에 담긴 여러 얘기들은 예전부터 제가 갖고 있던 고민들을 조금씩 담고 있다고 할 수 있어요. 그리고 쓰는 과정에서는 형식에 대한 고민도 많이 했고요. 무엇보다 이 글이 아름답고, 이상하고, 논쟁적인 글이 되길 바라면서 썼어요. 그게 성공적이었는지 아닌지는 읽으시는 분들께서 판단해주시겠지요.

저는 누군가의 팬이 되어본 적은 없지만…… 이 소설을 읽으면서 팬이라는 것에 대해서 다시 생각하게 됐어요. 또 저는 이 소설을 '팬생활'을 하는 사람들에게게만 국한되는 이야기로 읽지는 않았어요. 사랑에 대한 이야기로 읽히기도 하는데, 그 점에 대해선 어떻게 생각하시나요?

—기본적으로는 '팬의 사랑'을 다룬다는 게 중요한 소설이라고 생각해요.

소설에 유머러스한 부분이 많아서 아주 재미있게 읽었어요. 그런데 소설을 읽다보면 한편으론 철학적이라는 느낌이 들기도 하고, 시적이라는 느낌이 들기도 해요. 철학책이나 시집도 좋아하시나요?

—철학은 어려워서 그냥 겉핥기로 가끔 읽고요. 시집 읽는 건 좋아해요.

소설에 '사랑을 기록하려는 자'와 '사랑의 실재를 보려는 자'가 나오잖아요. 작품을 읽는 내내 이 두 가지 태도, '사랑을 기록하려는 태도'와 '기록 없이 사랑의 실재를 목격하려는 태도'가 팽팽하게 줄다리기를 하는 것 같았어요. 이건 글을 대하는, 혹은 삶을 대하는 작가 본인의 태도일 수도 있겠다는 생각이 들었는데…… '기록'과 '실재' 중 어느 쪽을 더 선호하나요? '기록'과 '실재' 둘 다를 놓치지 않으려고 하시는 편인가요?

—말씀하신 것처럼 줄다리기한다는 게 제일 옳은 표현인 것 같

아요. 기록과 실재를 오가는 혼동을 굳이 나눠서 정의하는 게 저한테는 의미 없는 일이기도 하고요.

좋아하는 작가나 작품도 알고 싶어요.

—제발트의 『아우스터리츠』랑 포크너의 『소리와 분노』 좋아해요. 『아우스터리츠』는 제가 엄청 좋아하는데 처음 다 읽고 나서, 그 자리에서 다시 처음부터 읽었어요. 제가 원래 아침잠이 많은 편인데, 학교 가기 전에 『아우스터리츠』 한번 더 읽고 싶어서 일곱시에 일어난 적도 있어요. 그 외에 일본소설도 좋아하고 문장이 아름다운 글, 오독을 환영하는 글을 좋아해요.

어떤 사람이 희주씨의 책을 읽으면 좋을 것 같아요?

—팬이었거나 지금 누군가의 팬인 분들이 어떻게 읽어주실까가 제일 궁금해요. 그 세계가 무척 복잡하고 다양한데 이렇게 일부만 보여줘도 괜찮을까, 너무 단순하게 그린 건 아닌가 걱정도 되고요. 그렇지만, 그냥 가리지 않고 많은 분들이 읽어주시고 많이 얘기해주셨으면 좋겠어요.

앞으로 하고 싶은 일이 있다면 무엇일까요?

—일단은 열심히 쓰는 게 목표예요. 다음엔 좀더 공들여서 좋은 작품을 쓰고 많은 사람들에게 보여주고 싶어요. 일단 이 소설이 당선되어서 엄니 아부지의 걱정은 잠시 유예시켰으니, 저 내키는 대로 마구 써버리려고요. (웃음)

엄니 아부지가 많이 좋아하세요?

—그럼요. 엄마는 제가 글쓰는 것에 대해서 그렇게까지 걱정은 안 하셨는데요. 엄마 말씀이, 아빠가 어느 날 그러셨대요. 쟤 저거

휴학하고 방에만 있는 거, 일본에서 유행하는 그거 아니냐고, 사람 안 만나는 병 아니냐고. (웃음) 아부지의 걱정을 덜어 다행입니다.

이제 걱정 안 끼치고 마음껏 히키코모리가 될 수 있겠네요. (웃음) 그러면 마지막으로, 이 인터뷰를 읽고 계실 분들께 하고 싶은 말이 있을까요.

—소설 재미있게 읽어주셨으면 좋겠고요. 앞으로도 즐겁게 열심히 쓰겠습니다.

실은 그녀를 만나러 가기 전에, 그러니까 그녀의 소설을 읽자마자, 나는 친구에게 전화를 걸었다. 청소년 시절, 무단조퇴를 감행하면서까지 팬생활에 몰두했다는 친구였다. 나는 친구와 이 소설에 대해 많은 이야기를 나누었다. 나는 소설이 좋아서 흥분한 상태였고, 친구는 내게서 전해 들은 소설의 내용 때문에 흥분한 상태였다. 그 대화 내용을 이곳에 다 적어서 이 글을 읽는 사람에게도 우리의 흥분 상태를 전달하고 싶지만, 이 소설을 쓴 이희주에게 '소설의 내용에 대해서는 웬만하면 밝히지 않고 싶다'는 말을 들었다. 이희주는 이 소설을 열어두고 싶다고 했다. 읽는 사람이 직접 느꼈으면 좋겠다고 했다. 그래서 나는 이 인터뷰에서, 소설과 관련된 가장 매력적인 대화 몇 가지를 말끔히 삭제했다. 그 부분은 분명 내게 가장 매력적인 부분이었지만, 이희주의 소설이 가진 매력에 비할 바는 아니었다.

이희주와 헤어져 집으로 돌아오는 버스를 타면서, 나는 계속

'맑다'라는 말을 곱씹었다. 왜 하필 '맑다'라는 말이 떠오른 걸까. 왜 나는 이희주를 '맑다'고 느꼈을까. 이희주의 눈빛 때문이었을까, 새하얀 이가 드러나는 미소 때문이었을까, 거침없이 자신의 사랑을 드러내는 모습 때문이었을까. 버스에서 내려 집으로 들어올 때에야, '맑다'고 내뱉던 웅얼거림이 '깊다'는 웅얼거림으로 바뀌어 있다는 사실을 알아챘다. 맑은 것은 깊은 곳까지 들여다보게 한다. 손에 닿을 것처럼 깊은 곳이 선연히 드러날 때, 그 깊은 곳을 바라보면서 사람은 '맑다'고 생각하게 된다. 이희주라는 사람과 이희주의 소설이 내게 그러했다. 이희주는 이 소설을 두고 '팬의 사랑'을 다룬다는 게 중요한 작품이라고 말했다. '사랑'에 대한 소설은 세상에 많고 많다. 그러나 '팬의 사랑'을, 더군다나 이런 방식으로 풀어낸 책을 나는 읽어본 적이 없다. 그렇지만 무엇인가에 매혹당해본 적이 있는 사람이라면, 이 소설 속에서, 매혹에 빠져 어쩔 줄 몰라하던 자신의 모습을 발견하게 될 것이다. 매혹의 끔찍함과 황홀함을 다시 한번 맛보게 될 것이다. 결코 닿을 수 없는 사람을 사랑할 수밖에 없는 자의 몸부림이 처절하게 드러나는 문장을 읽으면서, 나는 이 소설이 '맑다'고, 그렇게 느낄 수밖에 없었다. 한 사람의 몸이 투명하리만큼 맑아져서, 그 사람의 몸안에 있는 장기의 움직임과 피의 흐름과 심장의 두근거림을 목격하고 있는 것처럼, 깊고 선명하게 맑았다.

작가의 말

깊은 병을 고백하는 심정으로 쓴다. 썼다 지운다. 계속되는 실패. 베낀 문장. 여러 가지 말이 머리를 맴돈다. 구슬을 삼켜버린 마음. 비누를 놓쳐버린 마음. 빈손으로 우두커니 서 있다. 미끄러진다고 말하고 지워본다. 남은 것은 오로지 이름뿐. 불러보면서 애틋하구나, 생각한다. 애틋하다, 라고 생각하고 눈물이 난다, 라고 적어본다.

텅 빈 거리를 함께 걸어준 채은. 그녀와 나눈 말이 소설을 쓰는 데 큰 도움이 되었다. 나의 불안을 지켜보고 나눠준 수진. 고마워. 언니를 볼 때면 신은 아주 좋은 것으로 이 사람을 만들었구나 생각한다. 대책 없이 착한 민지야. 행복해야 해. 선한 밤나무와 친구들, 지면으로 만날 이들과 자매들, 가족들, 선생님들, 나의 부끄러움을 짊어진 이들에겐 사랑을 전한다.

꿈에서 죽고 유언을 썼다. 돌이켜보니 겁이 많고 지은 죄가 많았다. 이 글에 대해서도 마찬가지 심정이다. 미안합니다. 저는 이런 글을 쓰고 말았습니다. 그렇지만 이해를 바라진 않겠습니다. 다만 기회가 주어진다면 쓰고, 또 쓰겠습니다. 그뿐입니다.

심사위원 세 분과 편집부에도 감사드린다. 한때 열렬히 뜨거웠던 이름과 의심으로 가득한 문장을 떠나보내며 더 나아지고 싶다, 라고 적어본다. 나아지고 싶다, 라고 중얼거린다.

2016년 여름
이희주

문학동네 장편소설
환상통
ⓒ 이희주 2016

1판 1쇄 2016년 8월 18일
1판 5쇄 2017년 10월 12일

지은이 이희주
펴낸이 염현숙
책임편집 황예인 | 편집 정은진 김내리 이성근
디자인 고은이 유현아 | 마케팅 정민호 박보람 우상욱
홍보 김희숙 김상만 이천희
제작 강신은 김동욱 임현식 | 제작처 영신사

펴낸곳 (주)문학동네
출판등록 1993년 10월 22일 제406-2003-000045호
주소 10881 경기도 파주시 회동길 210
전자우편 editor@munhak.com | 대표전화 031) 955-8888 | 팩스 031) 955-8855
문의전화 031) 955-3576(마케팅) 031) 955-8864(편집)
문학동네카페 http://cafe.naver.com/mhdn | 트위터 @munhakdongne

ISBN 978-89-546-4186-9 03810

www.munhak.com